金曜日の本屋さん

夏とサイダー

名取佐和子

ハルキ文庫

角川春樹事務所

目次

金曜日の本屋さん

夏とサイダー

本文カット／丹地陽子
本文デザイン／五十嵐徹
（芦澤泰偉事務所）

第1話

何番目かの読書会

さっきまで書棚の前でさんざん悩んでいた野原《のはら》高校の男子生徒が、一冊の文庫を持ってレジにやって来る。いよいよ決めたんだ、と僕はうれしく思いつつ、そしらぬ顔で背筋を伸ばした。

男子生徒がぬっと差し出した文庫本のタイトルを見て、僕は眼鏡を押し上げる。

『悲しみよこんにちは』。

フランスの女性作家フランソワーズ・サガンが半世紀以上前に書いた、少女の一夏の物語だ。僕の目の前に立っているのは、柔道でもやっていそうな体格の男子生徒だったけれど、屈強な男子が、少女ならではの心理描写が緻密《ちみつ》に施された小説に興味を持つことだって、きっとあるのだろう。読書は自由だ。

「カバーをおかけしますか？」と僕が〈金曜堂〉のロゴが入ったペーパーに手をかけながら尋ねると、男子生徒は黙って首を横に振った。日に焼けて赤黒くなった首筋に、玉の汗が光っている。

「ありがとうございました」

袋に入れた文庫本を渡すと、男子生徒は汗を掌《てのひら》でこすりながら受け取り、のっしのっしと店を出ていった。

レジカウンターの奥にあるドアがあいて、店長の槇乃《まきの》さんが顔を出した。

「倉井《くらい》くん、『金曜堂的夏のすすめフェア』は好調ですか」

「はい。ちょうど今も一冊売れたところです」

僕は閉まりかけている自動ドアを指さして言う。ホームからまもなく上り電車到着のアナウンスと蟬《せみ》の声が、折り重なるように響いてきていた。

僕がアルバイトしている〈金曜堂〉は、大和北《やまときた》旅客鉄道蝶林《ちょうりん》本線の駅の中にある。いわゆる駅ナカ書店だ。野原《のはら》駅というこの小さな駅は、利用者のほとんどを近隣のマンモス校、野原高校の生徒が占めている。おのずと〈金曜堂〉のフェアや仕入れも、高校生の好みや学校行事に合わせたものになることが多かった。

僕の返事に、槇乃さんは腕を組んでうなずき、大きな目をきらきらかがやかせる。

槇乃さんの視線の先には、入口に近い書棚があった。いつもは単行本、文庫本、コミックス問わず新刊本を並べる棚だが、野原高校が夏休みに入る直前のこの時期は、夏休みもしくは夏の出来事が描かれている古今東西の作品を集めた『金曜堂的夏のすすめフェア』を開催中なのだ。

「読書感想文のための読書なんて、つまらない」

槇乃さんは自分がPOP《ポップ》にしたためたキャッチコピーをあらためて口にして、急にいたずらっ子のような顔になる。

「で、誰のおすすめが売れました?」

「あ、ヤスさんの。『悲しみよこんにちは』です」

僕が会計の際に文庫本から抜いておいた売上スリップと呼ばれる短冊型の伝票を見せると、槇乃さんがぷうっと頬をふくらませた。

「またヤスくん? 強いなあ」

「そういえば、さっき売れた『すいかの匂い』も、ヤスさんの推し本でしたね」

今回のフェアの本は、〈金曜堂〉のスタッフ全員で選ぶということで、僕も四苦八苦しながら案を出した。あまり本を読んでいない僕は三冊選ぶだけで息切れしたものだ。一方、店長の槇乃さんやオーナーのヤスさん、それに書店員だけどやっている仕事はほとんど喫茶店のマスターに近い栖川《すがわ》さんなどは、次から次へと千冊でも並べられそうな勢いでタイトルを口にしては、話をはずませていた。そして実際にフェアがはじまってからは、誰のおすすめ本が一番売れるかで大人げなく一喜一憂している。

「まあまあ、南《みなみ》店長。オーナーに花を持たせてあげたらいいじゃないですか」

ぷっくらとやわらかそうな槇乃さんの頬をつつきたい衝動を懸命におさえて、「誰のおすすめが売れたって、最終的には〈金曜堂〉の利益になるわけですし」と僕がことさら冷静になだめていると、槇乃さんが急に姿勢を正す。つづいて、両手を胸の前でクロスしてから一気にひらき、朗らかな声をあげた。

「〈金曜堂〉へようこそーっ！」

メイド喫茶にも負けない、槇乃さんの愛想がよすぎる挨拶の先にいたのは、野原高校の女子高生だった。夏服になって、制服の上着がブラウス一枚になったせいか、全体的に白くかがやいている。手足をちょこまかと動かして駆け寄ってくる様は、小柄な体格とあいまって子リスのようだ。前髪を多めに残してヘアバンドでまとめたショートヘアは、くせ毛があちこちに跳ねていた。

女子高生はレジカウンターまで来ると、デイパックの肩紐《かたひも》を握ったまま背伸びして槇乃さんに顔を近づける。愛嬌《あいきょう》のあるつぶらな瞳がくるくる動き、声が漏れた。

「うわ。本物だ」

何だ、この子？　と無意識に槇乃さんを庇《かば》って身を乗り出した僕の横で、当の槇乃さんはにっこり笑う。

「はい。本物の〈金曜堂〉店長、南槇乃です。何かお探しものですか？」

「えっと、探しものというか、探し人《びと》というか――」

「探し人？」

女子高生は槇乃さんの澄んだ瞳に映る自分の姿に恥じ入ったように、一歩後ろにさがる。しばらくもじもじした後、また前のめりになって、槇乃さんを見上げた。

「わたし、野原高校一年二十組の東膳紗世《とうぜんさよ》って言います。クラスメイト――あ、マドカって言うんですけど——彼女の一番上のお姉ちゃんから、ここの本屋さんは昔ウチの学校にあった読書同好会のOGとOBがやってるって聞いて、来てみたんです」

「はーい。私、OGです」

のんびり手をあげる槇乃さんに、紗世ちゃん——彼女にはちゃん付けで呼びたくなるような一生懸命さがあった——は「知ってます」とうなずく。

「卒業アルバムで、〈金曜日の読書会〉メンバーの顔は覚えてきました」

「え。まき——南店長の代の卒業アルバムを見たんですか?」

僕が思わず「いいなあ」と本音を漏らしかけたところに、雑誌を手にした客がやって来る。槇乃さんがすばやくレジ作業に入った。

手持ち無沙汰になった紗世ちゃんは、夏本フェアの書棚までふらふら歩いていく。槇乃さんに目で促され、僕が後を追うと、前方の自動ドアがひらき、ヤスさんと栖川さんが入ってきた。

「ふぃー、あちぃ。二ミリは溶けたな。俺の身長が縮んだら、日本の暑さのせいだ」

暑い暑いと言いながら、きらきらまぶしい金髪の角刈りに、ぎらぎら光るスーツを着込んで、より暑苦しく見えるヤスさんが、フェアの書棚の前に立つ紗世ちゃんに気づく。

「お。夏の本を探してるのか、女子高生? いい心掛けだ。読む本に迷ったら、何でも聞け。〈金曜堂〉オーナーの威信をかけておすすめを——」

「本物！　二人とも本物！」

最後まで聞かずに、紗世ちゃんが澄んだ声をあげて、ヤスさんと栖川さんを指さす。

「何だコラ？　人を指さすんじゃねーよ、女子高生。失礼だぞ。なあ、栖川よ」

ヤスさんが振り返って栖川さんに同意を求めたが、栖川さんは返事もうなずきもせず、長い前髪を払って首をかしげる。整った顔立ちの中でも異彩を放つ青い瞳が光っていた。そんな美形の鋭い眼差《まなざ》しにひるみもせず、紗世ちゃんはきょろきょろする。

「あともう一人のＯＢは、どちらに？」

「──もう一人？　どういう意味だコラ？」

ヤスさんの急に低くなった声と眉間に寄ったしわの迫力に、紗世ちゃんはびくりと肩を震わせた。森の中でクマと出くわしたリスって、こんな感じだろうか。

僕はあわててヤスさんと紗世ちゃんの間に割って入り、〈金曜堂〉の長細い店舗の半分を占める喫茶スペースを示した。

「あ、えっと、立ち話も何ですから、こちらでお話を聞きましょうか？」

紗世ちゃんが救われたように顔を上げ、僕が示したスペースに視線を移す。と、たちまち全身に好奇心を漲《みなぎ》らせ、ちょこちょこと足を進ませながら叫んだ。

「〈金曜堂〉はブックカフェなんですね」

「違う。喫茶店がついた本屋だコラ」

ヤスさんが後を追いながら訂正したが、紗世ちゃんはまるで聞いておらず、うれしそうにカウンタースツールによじ登って、足をぶらぶらさせた。

「すごーい。本を買って、ごはんも食べられるなんて、至れり尽くせりだなー」

僕がついていけたのは、残念ながらそこまでだ。書棚スペースの客に「すみません」と呼びとめられ、書店アルバイトとしての本来の仕事に戻らざるをえなかった。

それからも、レジの前にできた行列をさばくべく、槇乃さんの横でもう一つのレジスターを打ったり、客の要望に応えて地下書庫から本を持ってきたり、平積《ひらづ》みされた本のずれを直している間に、気づけば喫茶スペースから紗世ちゃんの姿は消えていた。

営業が終わり、僕がレジを締めて、清掃を終えると、喫茶スペースに槇乃さん、ヤスさん、栖川さんが集《つど》い、もうお喋《しゃべ》りがはじまっていた。

僕はなるべく目立たないようにバーカウンターの末席につく。頭の上には、レトロなオレンジ色のランプシェードがさがっていた。

「〈金曜日の読書会〉を復活させたい?」

「ああ、はっきりそう言ってたぜ、あの女子高生は」

「なんで?」

「知るかコラ。読書が好きなんじゃねぇの? 高校時代の南といっしょだろ」

「そっか。でも、新しく作る読書同好会でしょう？　わざわざ〈金曜日の読書会〉の名前を継ぐ必要なんて全然ないのに」

槙乃さんが不思議そうに首をかしげると、とたんにヤスさんは目を泳がせる。バーカウンターをぺちぺちと手で叩《たた》いた。

「あ、そこか。それはまあ、理由がなきにしもあらずでな――」

「オットーにまた同好会の顧問をお願いする流れから、その案が出てきたらしい」

栖川さんが美声で割って入る。一瞬、場がしんとなる。そして、僕は見てしまった。槙乃さんの顔から表情が消えたのを。何か言わねばと義務感にかられて、僕は尋ねる。

「えっと、オットーさんとは？　外国人の方ですか？」

「ちげーよ」

ほっとしたようにヤスさんが声をあげる。槙乃さんも笑顔に戻って、説明してくれた。

「オットーは、古典の音羽《おとわ》先生のあだ名です。当時、大学を出たばかりだったオットーに、強引に顧問になってもらっちゃったんです、私達」

「南が勝手に頼んだんだろ」

「仕方ないでしょ。顧問不在じゃ、同好会として認められないって言われたんだもん」

かつての同級生で、今は同僚であるヤスさんや栖川さんと話す時、槙乃さんの口調はぐっとくだけた。僕はそれをいつも羨ましく聞いている。いつか、彼らも見たことがないような、槇乃さんの素《す》に触れてみたいものだ。いつか——って、いつだ？

僕が勝手に妄想して勝手に撃沈している間にも、話は進んでいく。

「ずいぶん前に野原高を離れたって聞いていたけど。そっか。戻ってきたのね」

「今年の四月からだとよ」

「全然知らなかった」とつぶやく槇乃さんを、ヤスさんが奥に引っ込んだ目で射抜いた。

「女子高生は、読書同好会の運営についてよく知っているオットーに、ぜひ顧問をお願いしたいそうだ。ところが、オットーの返事がつれないらしくてな。『何卒《なにとぞ》、大先輩方のお口添えをお願いできないでしょうか』ってよ」

「私達が——頼んでいいのかな？」

槇乃さんは戸惑ったように首をかしげる。そんな槇乃さんから僕の視線を引き剝がすように、栖川さんがバーカウンター越しに人数分の缶ビールと、トマトに細く刻んだ大葉をのせたおつまみを突き出した。

「いくらOG・OBだからって無理強いはできない、と断っておけばいい」

ふだんは寡黙な栖川さんが美声で語る言葉には、いつも特別な重みがある。僕が配った缶ビールを手に取ると、ヤスさんは舌打ちと共にプルタブを乱暴に引き上げた。

「んだよコラ。オットーとまたつなが——」

ヤスさんがビールを飲みながらつぶやいた独り言は、「ふぇーい」という槇乃さんの陽気な掛け声に掻き消される。

「あ、南。おまえ、いつのまに？　一気に飲み干しただろ？　そうだろコラ」

ヤスさんと栖川さんがおろおろと立ち上がるも、時すでに遅し。槇乃さんは顔を真っ赤にして、すっかりできあがっていたのだった。

＊

紗世ちゃんがふたたび〈金曜堂〉に現れたのは、次の金曜日のことだ。

野原高校では一学期の期末テストが終わり、午前授業の日も多くなっている。この日もそうだったはずだが、紗世ちゃんはずいぶん中途半端な夕方に顔を出した。電車の発着時刻からもずれていたので、店内に他の客の姿はない。

入口から少し離れた書棚で本の入替作業をしていた僕より先に、喫茶スペースのヤスさんが彼女に気づいた。

「おう。待ってたぞ、女子高生」

「東膳紗世です」

「知ってるよ。トーゼン、トーゼン（当然）」

律儀に名乗ってくれる紗世ちゃん相手に、ヤスさんは堂々とオヤジギャグを繰り出し、定位置のスツールから飛び降りた。紗世ちゃんの立つ書棚スペースの入口に、外股で近づいていく。

「オッ——音羽先生に、OG・OBから〈金曜日の読書会〉の顧問を頼む件だけどな」

「お願いできますか？　できれば今日がいいんですけど」

顔をかがやかせかけた紗世ちゃんだが、ヤスさんの表情を見て、肩を落とす。

「ダメですか……」

「悪《わり》ぃな。卒業生がしゃしゃり出るのも、おかしな話だからよ」

ヤスさんは残念そうに唇を噛《か》んだ。本当は自分でも納得がいっていないらしい。

僕はとっさにバーカウンターの栖川さん、そしてバックヤードへのドアを見てしまう。そのドアの向こうに、槇乃さんがいるからだ。だけど、栖川さんはうつむいてグラスを磨きつづけている。槇乃さんが出てくる気配もなかった。

紗世ちゃんの自然な眉がわしゃっと寄り、毛先の跳ねたショートカットが揺れる。

「わかりました。変なお願いをして、すみませんでした。一人で行ってきます」

「あ、ちょっと、女子高生。ちっとも変なお願いじゃねぇぞ。謝るなよ、女子高生」

「わたしの名前は、東膳紗世です」

「ああ、知ってる。覚えた。東膳紗世。いい名前だ。だから、待て待て待て」

自動ドアに向かう紗世ちゃんを追い抜き、ヤスさんは『金曜堂的夏のすすめフェア』の書棚の前で通せんぼする。

「何ですか?」

「今から一人で音羽先生に頼みに行くんだろ? 勝算はあるのか?」

それは、と口ごもる紗世ちゃんに、ヤスさんは顎で書棚をしゃくってみせた。

「第一回の読書会の課題本を決めて持っていけ」

「え——引き受けてもらえるか、まだわからないのに?」

「断れなくさせる作戦だコラ」

くわっと奥目をみひらくヤスさんの迫力に押され、紗世ちゃんはフェアの書棚に向き直ると、左端から順番にタイトルを読んでいった。その視線の動きがどんどん速まって、最後はほとんど斜めに走って一番下の棚におりていくのが、ちょうど僕のいる場所から見える。

やがて、小さな手が一冊の文庫本を抜き出した。僕のいる場所からだと、タイトルまでは読めなかった。ヤスさんはぽかんと口をあけてその本を見つめている。紗世ちゃんが不安そうに首をかしげた。

「この本——ダメですか?」

「え? あ、いや、いいぞ。チャンスかもしんねえぞ」

「チャンス?」

紗世ちゃんが怪訝《けげん》そうに眉をわしゃっと寄せる。ヤスさんは、僕がレジカウンターに入ろうとするのを手で制し、めずらしくみずから会計を買って出た。

「表紙が見えるように、カバーはつけねぇぞ。絶対、引き受けてもらえよコラ」

ヤスさんの脅しのような応援に、紗世ちゃんは眉を寄せたまま店を出ていった。

早番だった僕がバイトを上がったのは、それから三十分後だ。いつものように時間ぎりぎりまで冷房の効いた店内にいて、そのまま跨線橋《こせんきょう》を渡って上り電車のホームにおりようとしたが、改札口の方にいる人影を見て、足の向きを変える。

「紗――」

紗世ちゃん、と馴《な》れ馴れしく呼びそうになって、あわてて咳払《せきばら》いでごまかした。その音で、紗世ちゃんが振り向く。手には、さっき買ったばかりの文庫本がある。近づいていくと、ようやくタイトルがわかった。

「本屋のお兄さん、仕事終わったんですか?」

「うん。あ、僕、アルバイトの倉井って言います。倉井史弥《ふみや》。『六番目の小夜子《さよこ》』を買ったんだね」

僕が文庫本を指さすと、紗世ちゃんは「はい」と目の位置まで持ち上げた。これはたしか、槇乃さんが選んだフェア本だ。

「サヨコって名前に親近感があったから何となく。裏表紙の内容紹介を読んだら怖い話みたいで、どうしよって」

「ホラーは苦手？」

紗世ちゃんはつぶらな瞳を潤ませて、こくりとうなずいた。ヘアバンドからはみ出た短い髪がてんでんばらばらの方向に揺れる。

「苦手です。ていうか――」

「ひょっとして、本を読むこと自体があんまり好きではない？」

僕を見つめる紗世ちゃんの潤んだ瞳がせわしなく動いた。口がぱくぱくとひらいてはとじ、小鼻がふくらむ。子リスの百面相みたいだ。僕は笑いをこらえ告白した。

「実は僕も、ずっと本が嫌いというか苦手で、読んでこなかったんだ。だから、本屋に入っても視線が定まらないというか、たくさん本がありすぎて圧倒されちゃう気持ち、よくわかるよ」

紗世ちゃんがフェアの書棚前で見せた表情、視線の走らせ方で、僕はすぐに気づいた。

ああ、かつての僕の仲間だって。

紗世ちゃんは僕の言葉に嘘《うそ》がないことを確信したのか、ほっと息をつくと、急にくだけた口調になった。

「えー。本の嫌いな書店員さんっているんだね」

「あ、はい。いや、でも今は、少し読むようになってるよ」

「ふうん。どうして？」

エサを待つ子リスのような顔で首をかしげる紗世ちゃんに、僕は「本屋の店長に一目惚《ひとめぼ》れしたから」なんて不純な動機を打ち明けられるはずもなく、質問返しをする。

「東膳さんこそ、どうして読書同好会を作りたいの？」

「わたしの理想の青春が、そこにあるからです」

「せいしゅん？」

聞き返した拍子に眼鏡がずれた。紗世ちゃんは照れた様子もなく、『六番目の小夜子』をデイパックの後ろポケットにしまって改札口を向く。

「倉井さん。時間あるなら、今から学校までわたしと一緒に行ってもらえません？」

僕の眼鏡がまたずれる。こんなに小さな——といっても、もう高校生なんだけど、もっと幼く見える——女の子と歩いていたら、不審者に見られるんじゃないかと、不安になったのだ。

「僕は〈金曜日の読書会〉のOBでも野原高校の卒業生でもないけど」

「いいのいいの。この際、一人じゃなきゃ誰でもいいの。お願いします、倉井さん」

紗世ちゃんはぱしんと両手を合わせて、僕を拝んだ。

「オーナーさんにはああ言われたけど、わたし、やっぱり一人で音羽先生のところに行くのは怖くて。ダメだった時のことを考えたら、頭の中がわーっとなって――」

「う、うーん……僕でよければ」

そう答えるしかなくなった僕は、紗世ちゃんと一緒に改札口を抜けて、国道とは反対側に位置する山に向かう坂道をのぼりはじめた。


自転車やバスが通れるようアスファルトで舗装された山道には、ガードレール付きの歩道もある。僕が前に一度、野原高校に行った時はタクシーを使ったので気づかなかったが、この歩道はかなり狭く、足場も悪くて歩きづらかった。

エネルギーの塊のような紗世ちゃんも次第に呼吸が乱れ、肩が大きく揺れはじめる。それでも、音羽先生と対峙《たいじ》する緊張からか、暑さを忘れるためか、この年頃の女の子の常なのか、お喋りはやめなかった。

「わたし、高校に入ったら、何かおもしろい世界がぱあっとひらける気がしてたんです。高校生活は〈これぞ青春〉的な出来事の連続だろうって」

「〈これぞ青春〉かあ。『一瞬の風になれ』みたいな？」

「何の歌詞ですか、それ？」

「小説のタイトルだよ。僕も最近読んだんだけど、課外活動をしたくなる話だった」

「はあ」と紗世ちゃんは心ここにあらずの返事をして、全然のってきてくれない。自分の中でふくれあがった言葉を外に出すことで、いっぱいいっぱいらしかった。

「わたしには打ちこみたい課外活動もないし、つるみたい友達も見つからないし、青春の『せ』の字もない毎日がつづくばかりですよ」

「何かしら刺激はあるんじゃない？　一学年千人もいるマンモス校なんでしょ？」

僕の取り成しに、紗世ちゃんは小さな鼻を広げて振り向く。

「そう！　うちの学校、一学年二十五クラスもあるの。顔も覚えられないくらい、同世代の子がうじゃうじゃいるの。それなのに、おもしろい子に全然出会えないのって、おかしくないですか？　何でかな？　わたしがクソつまんない人間だから？」

紗世ちゃんは「あーあ」と頭の後ろで手を組んだ。

「わたしが思う〈これぞ青春〉のイメージは、『時かけ』なんですよね。毎年、夏になるとテレビでやってませんか、あのアニメ？　毎年観《み》ちゃうんだけど」

紗世ちゃんが話しているのは、明らかに細田守《ほそだまもる》が監督をしたアニメ映画の『時をかける少女』の方だ。僕は映画の原作でもある、筒井康隆《つついやすたか》の小説『時をかける少女』を紹介したくなったが、ひとまずやめておく。

「タイムリープとか？　未来人とか？　そういうSF的青春？」

「違いますよ。わたしが言いたいのは、ああいうぎゅっと絞ったレモン汁みたいな青春。現実を飛び越えてまぶしく光るような、ぴかぴかした毎日を送りたいんです。過ぎてからじゃなくて、ど真ん中にいる時に、〈これぞ青春〉ってちゃんと自覚して、楽しみたい」

「青春って、そんなにぴかぴかしてるものかなあ」

僕は自分の中学・高校時代を思い出し、心がどんより曇った。ぴかぴか光っていたのは、買っただけでチューニングすらまともにできなかったエレキギターと、誰にもほしがってもらえなかった学生服の金ボタンだけだ。大学だって三年になってキャンパスが替わり、新キャンパス近くの〈金曜堂〉でアルバイトをはじめなければ、光を感じることはなかっただろう。そう。槙乃さんの笑顔という光のおかげで、僕は青春のまぶしさにようやく気づけたのだ。

わらわらとよみがえってくる暗黒時代の記憶を追い払おうと首を振っていた僕に、紗世ちゃんはくるりと向き直り、少し頬を赤くして言った。

「わたしも一度はそうやって諦めかけました。ああいう青春は結局、作り物なんだって。でもね、暇に飽かせて入った図書室で、見つけちゃったんですよ。本物の〈これぞ青春〉的なぴかぴかのやつを」

「それって――」

僕の予想を最後まで聞かないうちに、紗世ちゃんはうなずく。

「ウチの学校の卒業アルバムです。いろいろな年度を見たけど、〈金曜堂〉の書店員さん達の代が、群を抜いて青春してました。あの同好会ときたら、役者が揃《そろ》っているっていうか、リアル『時かけ』というか、わたしの理想そのものでした」

「アルバムの写真だけ見て、そこまで感じ取れるもの？」

「感じますね。倉井さんもあのアルバムを見たら、きっと納得すると思う」

紗世ちゃんはきっぱり言い切り、感に堪えた様子でデイパックの肩紐をにぎった。

「マドカのお姉ちゃんから音羽先生が当時の顧問だったって聞いたら、もう、いてもたってもいられなくて、わたしも同じことをやってみようと。めぼしい帰宅部の子達に声をかけて、読書同好会が発足したら入るって約束を取りつけました。だから後は、音羽先生の返事次第なんです。音羽先生に、わたしの青春がかかっているんです」

熱く力説する紗世ちゃんの脇を、バスがくだっていく。野原駅前のロータリーを起点に野原高校を循環している系統のバスだ。何となく見送る形になった紗世ちゃんが、目を丸くして叫んだ。

「音羽先生」

「え？」

「今のバスに、音羽先生が乗ってた。やだ、どうしよう？　先生が帰っちゃう」

紗世ちゃんの視線を追って、僕はバスの背中を見つめる。一番後ろの席に座っている男性、あれが音羽先生だろうか。ふと僕の頭の中で、遠ざかるバスと槙乃さんの後ろ姿がかぶった。追いつけないものに追いつきたい。その願いは滑稽だろうが、自分では嗤《わら》いたくなかった。自分一人だけでも追いつけると信じなきゃ、何も変わらない。僕はとっさに、すでに涙目の紗世ちゃんの肩をつかんで言う。

「追いかけよう」

「バスを？　走って？」

「うん。明らかに無理なことをやってみる。〈これも青春〉だよ、東膳さん」

紗世ちゃんには申しわけないが、僕はこの時、紗世ちゃんの青春の賭けに、自分のそれも重ねていた。おかげで説得力が増したのか、「わかった」と紗世ちゃんの顔がたちまち引き締まる。デイパックをとんと背中ではずませ、バスを睨《にら》んだ。

「絶対、追いつく」と自分を奮い立たせるようにつぶやくと、紗世ちゃんはスニーカーで地面を蹴って走り出す。その足が思いのほか速かったので、あわてて僕も後を追い、今までのぼってきた道を一気にくだりはじめた。

果たして、紗世ちゃんは青春の賭けに勝ち、音羽先生に追いつけた。音羽先生が次のバス停で降りてくれたのだ。助かった。あのまま野原駅まで乗っていかれたら、紗世ちゃんはともかく、僕の足じゃお話にならなかっただろう。

音羽先生が降りたバス停名は、『野原霊園前』。紗世ちゃんが鼻の頭に玉の汗を光らせて振り返った。顔の右半分が夕日に染まっている。

「誰かのお墓参りかな？」

首をかしげる僕らを置いて、音羽先生は野原霊園に向かってどんどん歩いていく。じゅうぶん距離を取って追いかけながら、僕は音羽先生の不健康そうな猫背を見つめた。髪の毛も伸びて、無造作ヘアというにはむさ苦しすぎる。槇乃さん達の顧問だった頃から、こんなにくたびれていたのだろうか。

野原霊園に入ると、墓石が段々畑のように並んでいるのが見えた。どの墓も形状にそう違いはなく、従って見分けにくい。音羽先生はまっすぐ歩きつづけた。

「通い慣れている感じだね」

「うん。家族のお墓かな？　お花もお水も持ってないけど」

僕と紗世ちゃんが声をひそめる中、音羽先生の足は止まらず、段々畑ならぬ段々墓地の一つをのぼりはじめる。僕らは木の陰に隠れ、下から様子をうかがうことにした。

中腹にある一基の墓の前に着くと、音羽先生はやっと足を止める。そのまま長い間じっと墓石と向き合っていた。

音羽先生と墓石の間に流れるしずかな空気に、僕らも一瞬暑さを忘れて息を詰める。僕の隣でこめかみに汗を光らせた紗世ちゃんが、まばたきしながら爪を齧《かじ》った。

「今さらだけど、どうしよう、倉井さん」

「何が？」

「こんなところで出くわすって、不自然じゃない？」

「──たしかに」

「夢中で追いかけて来ちゃったけど、やっぱりおかしいですよね。お墓の前でばったり、なんて」

「仕切り直す？」

「はい。明日、学校で頼むことにします。すみません。倉井さんをここまで付き合わせておいて」

「気にしなくていいよ」

ひそひそ話の後、二人で引き返そうとしていると、背中に声が当たった。

「東膳か？」

紗世ちゃんがわかりやすく体を震わせる。僕の顔をちらりと見てから、なぜか両手をあげて振り返った。

「はい、そうです。ごめんなさい」

「こんなところで何してんだ？」

「ごめんなさい」

「ていうか、手をおろして。俺は別に銃を突きつけてるわけじゃない」

「あ、すみません」

何を言っても謝罪の言葉しか返さない紗世ちゃんを、音羽先生は困ったように見つめていたが、やがて視線をゆっくりと僕に向ける。先生の目だ、と思った。高校生の頃、わからない問題に限って当ててくると恐れられた数学教師も、こういう目をして教室を見渡していた。

僕は両手こそあげなかったが、観念して会釈する。

音羽先生は墓の前から離れようとしてふと立ち止まり、僕らと墓石を見比べた。そして、思い直したように僕らを手招きする。

「二人で、こっちまで上がって来られるか」

目の前で向き合った音羽先生は、後ろ姿の印象ほど弱々しくはなかった。無精髭《ぶしょうひげ》を生やした顔は適度な哀愁があり、「渋い」と言われがちだろう。シャツのしわも膝の出たチノパンも「味」の一言で片付けられる、羨ましいタイプだった。

無精髭をざらっとなでて、音羽先生は目を細める。

「君は――野原高生？」

「いえ。大学生です」

僕が正直に答えると、紗世ちゃんが言い添えた。

「倉井さんは、野原駅の本屋さんでアルバイトしてるんです。〈金曜日の読書会〉のことで相談に乗ってもらっていました。そしたら、たまたまバスに乗っている先生が見えたので、いっしょに追いかけて――」

〈金曜日の読書会〉という同好会の名前を聞いた瞬間、音羽先生は深いため息をつく。

「〈金曜堂〉にはずいぶん酔狂なバイトがいるんだね」

「――すみません」

僕と紗世ちゃんの声が揃う。紗世ちゃんは頭を下げたまま、音羽先生の後ろの墓石を指さした。

「このお墓は誰のなんですか？」

「指はささない」

音羽先生はやんわり紗世ちゃんを注意しながら振り返り、昔ながらの墓石に『五十《いそ》貝《がい》家之墓』と彫られた文字をなぞるように見てから、また僕らに向き直る。

「生徒のだ」

「え、生徒？　在学中に亡くなったんですか？」

紗世ちゃんのその質問には答えず、音羽先生は無精髭をざりざりとなで回した。

「東膳よ、申しわけないが、何度頼まれても俺は顧問には――」

「今日は課題図書を持ってきました」

紗世ちゃんは手を後ろにやってデイパックの後ろポケットをあけようとする。その手が届かず、ぱたぱた空を切っているのを見かねて、僕がポケットをあけ、取り出した文庫本を紗世ちゃんの手にのせてやった。

「倉井さん、ありがとう」

紗世ちゃんはきれいに並んだ歯を見せて笑うと、音羽先生に表紙を見せつけるように文庫本を両手でかかげる。

「〈金曜日の読書会〉はじめての活動日は、この本『六番目の小夜子』について語り合いたいと思っています。先生、どうか顧問になってください」

紗世ちゃんは腰を九十度に折って、音羽先生に頭を下げる。あわてて僕も倣《なら》った。

音羽先生は長いこと返事をくれなかった。あまりに沈黙が長いので、僕は心配になって頭を上げてしまう。隣で、紗世ちゃんも同じようにしびれを切らしたようだ。

僕らの視線の先で、音羽先生は息を吸うのも忘れたように、かたまっていた。

「音羽先生？」と紗世ちゃんに声をかけられ、錆《さ》びたブリキ人形のような動きでようやく顔を向ける。

「これ――東膳が選んだのか？」

「はい」

「この本は、俺も読んだことがあるよ」

「だったら――」

希望を見出した紗世ちゃんにふってきた言葉は、けれど、さっきよりもっとかたくて強い拒絶だった。

「俺は顧問にはならない。もうできないんだ、絶対に。だから諦めてくれ、東膳」

紗世ちゃんの目に動揺が走り、僕をすがるように見上げてくる。僕は黙って首を横に振り、「今日は帰ろう」と紗世ちゃんのデイパックを押した。荷物の少ないデイパックは不《ぶ》恰好《かっこう》にへこんでしまう。僕には、それが泣き顔のように見えた。

*

とっぷり日が暮れた野原町《のはらちょう》を歩いて〈金曜堂〉に戻ってきたのは、帰り道に紗世ちゃんが泣き出してしまったからだ。途中、何度も慰めたが、「すみません。倉井さん、関係ないのに、ごめんなさい」と声を詰まらせながら、紗世ちゃんの肩は震えるばかりだった。暗がりで女子高生を泣かしている男に注がれる町の人の視線は冷たく、僕はたまらず「〈金曜堂〉で休んでいきなよ」と誘ってしまった。

幸い、店内に客の姿はなかったが、そろそろ閉店時間を意識した締めの作業に入っていた槇乃さん、ヤスさん、栖川さんの三人の視線が、僕と紗世ちゃんをせわしなく行き来する。そして真っ先に口をひらいたのは、案の定、ヤスさんだった。

「坊っちゃんバイトぉぉお、てめえ、何やらかしたコラ？」

「いえ、僕は、別に――」

僕が誰よりも誤解されたくない槙乃さんの方を向いて無実を訴えようとしていると、紗世ちゃん自身が助け船を出してくれる。

「倉井さんは何も悪くないです。わたしが勝手に、泣いてます。泣きたいわけじゃないのに、自分でもびっくりだけど、涙が止まりません」

言葉通りの激しい泣きっぷりに、栖川さんが黙ってバーカウンターのスツールを引いた。あうんの呼吸で、槙乃さんが紗世ちゃんの背を押し、スツールへと誘う。僕もヤスさんに突き飛ばされるようにして、隣のスツールに腰をおろした。

しゃくり上げてしまっている紗世ちゃんに断ってから、僕がさっきまでの出来事を説明する。うまくかいつまめず、長々とした説明になってしまった。その間に、ようやく紗世ちゃんの涙も止まる。

「わたし、何か音羽先生の地雷を踏んじゃったんでしょうか」

紗世ちゃんは呼吸を整えるように、掌を広げて白いブラウスの胸元をおさえた。

「すまん」と謝ったのは、ヤスさんだ。僕らの顔をぐるりと見回し、最後に槙乃さんに頭を下げた。

「この女子高生――東膳紗世さんがフェアの棚から、読書会の課題図書に『六番目の小夜子』を選んだ時、俺はそばにいた。けど、買うのを止めなかった」

「選んじゃいけない本だったんですか？」

紗世ちゃんの問いかけに、ヤスさんは首を横に振る。

「俺はチャンスだと思ったんだ。というのも、『六番目の小夜子』は、〈金曜日の読書会〉のメンバーだった俺らが三年の時の文化祭で発表に使った本だからよ」

「先生とみなさんの思い出の本ってことですか。じゃあ、どうして地雷っぽくなっちゃったんだろ？」

独り言のような紗世ちゃんの問いかけに、ヤスさんはぎゅっと目をつぶって、低い声でうなった。代わりに、栖川さんが短く答える。

「理由は同じ。『六番目の小夜子』が僕らを想起させる本だから」

紗世ちゃんはきょとんとした顔のまま、唾をのむ。

「えっと、それはつまり、音羽先生にとって〈金曜日の読書会〉はあまりいい思い出じゃないってことですか？　え？　まさかみなさん、音羽先生と喧嘩《けんか》別れしたとか？」

紗世ちゃんの質問には答えず、栖川さんはバーカウンターの中で、グラスに丸い氷を入れてサイダーを注いだ。紗世ちゃんと僕に出してくれる。ほのかな甘さに喉がじゅっと潤って、立ち仕事からつづけて歩き通しの僕は生き返った。

すると今までずっと目をつぶっていたヤスさんが「くそっ」と叫んで、自分の頬を両手でぱあんとはたく。目が少し充血していた。

「誰も喧嘩なんかしてねぇ。でも、オットーは俺らから遠ざかっちまった。また野原高に戻ってきたっていうのに、何の連絡もない。何年も前に、南が野原駅の駅ナカ書店〈金曜堂〉の開店を知らせる葉書を出したのに、顔も見せてくれない。電車通勤をやめたのか、野原駅すら利用していない。新しい教え子がどんだけ頼んでも、読書同好会の顧問はやろうとしない。挙げ句『六番目の小夜子』は禁忌《きんき》扱いか。なあ、どうよ、これ？　おかしくね？　いつまでこんな不自然な状態をつづけるつもりだ？」

「オットーにとっては自然なのかもしれない」

あっという間に空になった僕と紗世ちゃんのグラスにサイダーのおかわりを注ぎながら、栖川さんが落ち着いた声で言う。ヤスさんは駄々をこねるように首を振った。

「じゃあ、俺らはどうよ？　オットーの不自然な自然を、今まで通り仕方ねぇって受け入れとくのか？　〈金曜堂〉に東膳紗世って現役野原高生が現れて、〈金曜日の読書会〉を復活させたいと願い、最初の課題図書用に『六番目の小夜子』の文庫本を買ってくれたんだぞ。それでも俺らは、オットーと交わらないままいくのかよ？」

「私達にとって、それは不自然だね」

槙乃さんがしずかに答える。声に出した自分の答えに納得したように、こくんとうなずき、顔を上げた。いつもの笑顔だ。またたく間に空気がやわらいでいく。

「東膳さん――んっと、紗世ちゃんって呼んでいいですか？」

「あ、はい」

「では、紗世ちゃん、さっき買った文庫本を貸してくれますか？」

紗世ちゃんがデイパックから『六番目の小夜子』を取り出す。槇乃さんは受け取り、ぱらぱらとめくっていたが、やがてあるページに指を挟むと、モスグリーンのエプロンのポケットから付箋紙《ふせんし》を出して貼り付けた。

付箋の貼られたすぐ下の行を、紗世ちゃんが読みあげる。

「《ふだんさ、街の中でもさ、この道は海に続いてるんじゃないかって思う道ない？》」

「この付箋をつけて、もう一度だけ、音羽先生のところに頼みにいってみてください」

「え。でも、また断られたら――」

半べそをかく紗世ちゃんの顔を見て、槇乃さんはにっこり笑った。

「『この付箋は〈金曜日の読書会〉ＯＧ・ＯＢからの招待状です』って伝えれば、きっとだいじょうぶ」

「招待状？」

紗世ちゃんは首をかしげ、ヤスさんと栖川さんは顔を見合わせる。槇乃さんは目をくるりと動かし、親指を突き出した。

「はい。来週の金曜日の閉店後、新生〈金曜日の読書会〉のプレ活動を、〈金曜堂〉で行おうと思うんです」

「あの——その日は夏休みですよね。同好会に入ってもらう予定の子達には、活動は早くて二学期からだと伝えてしまったんですけど」

「かまいません。あくまで予行演習というか、プレ活動ですから。参加者は、紗世ちゃん、オットー、そして私達書店員でいきましょう」

槙乃さんの顔がいきいきしてくる。きっと高校生だった頃も、こんな顔で読書会をひらいていたのだろう。槙乃さんの青春の日々にはどうしたって届かないもどかしさを押し殺し、僕は紗世ちゃんの丸まった背中にそっと声をかけた。

「やってみようよ、東膳さん」

次の週の月曜日が野原高校の一学期の終業式だった。僕にそう教えてくれたのは、紗世ちゃんだ。終業式の朝に勇気をふりしぼり、音羽先生に招待状を渡したという報告の電話を、店にくれた。

——音羽先生がね、「顧問になるかどうかはさておき、その読書会には行く」って言ってくれました。

紗世ちゃんの声はラメ入りスーパーボールのように、きらきらはずんでいた。

——全部『六番目の小夜子』のおかげ。あの付箋が効いたんです。もうね、魔法みたいだった。南店長にお礼を伝えておいてください、倉井さん。

表情をくるくる変えながら、興奮で小さな鼻をふくらませている紗世ちゃんの顔が目に浮かび、僕は受話器を握りながら微笑んでしまう。

「じゃあ、僕らも金曜までにちゃんと読んでおかなきゃね、『六番目の小夜子』」

僕の言葉に、受話器の向こうで紗世ちゃんがひっと息をのんだ。

――そうだ。読書会って、その本について何か話さなきゃいけないんだった。

今回の課題図書を一度も読んだことがないのは、僕と紗世ちゃんだけだ。〈金曜日の読書会〉のOBでも野原高生でもない僕だけど、プレ活動に参加させてもらうことになったので、はりきって本は買った。読みはじめてもいる。ただ、読書会用の読書になっているかどうかの自信は、まるでなかった。

「不安だよねえ」と紗世ちゃんと言い合って、電話を切る。僕が紗世ちゃんを幼く感じるのと同じくらい、紗世ちゃんも僕を頼りなく思っていることだろう。話すたび、敬語がなくなり、口調がくだけてきていた。

振り返るとちょうどドアがあき、本を抱えた槇乃さんが、僕のいるバックヤードに入ってくる。目が合うと、「くやしい」とさわやかに言い切った。あまりにさわやかだから、一瞬、聞き間違いかと思ったほどだ。

「『金曜堂的夏のすすめフェア』の棚から、またヤスくんの本が売れました」

『すいかの匂い』ですか？」

「いいえ。今度は、氷室冴子《ひむろさえこ》の『海がきこえる』です」

「ああ。その本なら、僕も読んだことがあります。ジブリでアニメ化されてますよね」

「小説もアニメも名作です。でも、くやしい」

槇乃さんは抱えてきた本をいったん机に置くと、足元に散らばったゴミだか書類だかわからない紙束を掻き分け、床についている把手《とって》を引き上げた。床下貯蔵庫よりだいぶ大きめの穴が覗《のぞ》く。ここが、〈金曜堂〉地下書庫への入口だった。

「この本達を片付けるついでに、フェア本の補充分を取ってきます」

「あ、じゃあ僕、レジに立っておきましょうか？」

「レジはヤスくんに頼んできたから、だいじょうぶ」

「なら、その本、書庫まで僕が持ちます」

「ありがとう。お願いします」

やった、しばし槇乃さんを独り占めだ、と僕は心の中でガッツポーズを作る。にやけないよう気をつけながら棚に置かれたバカでかい懐中電灯を二つ手に取ると、その一つを槇乃さんに渡した。槇乃さんは慣れた調子でひょいと床下に潜ってしまう。バレエシューズで階段を降りるタンタンという足音がたちまち遠ざかるので、僕は本の束の上に置いた懐中電灯を顎で支え、遅れないようつづいた。

不自然に固定した懐中電灯では思うように足元が照らせず、どきどきしながら真っ暗な階段を降りていく。跨線橋にある本屋から地下に潜るからくりは、何度考えてもわからない。わからないけれど、いつだってちゃんと辿《たど》り着く。ただし、道は迷路のように複雑だ。

それでもアルバイトをはじめて四ヶ月近く、僕はその道をマスターしつつあった。足の赴くまま右に左に折れていくうちに、一段と濃くなった闇の手前に辿り着く。そこが地下書庫につながる最後の階段だった。

真っ暗な長い階段をじりじり降りていると、先に到着したらしい槙乃さんが、電気のスイッチを入れてくれる。ぶぉんと耳に圧を感じるような音がして、地下書庫の低い天井についた無数の蛍光灯が一斉に点《つ》いた。僕の視界いっぱいに、とてつもなく細長い空間が広がる。〈金曜堂〉の地下書庫は、戦前から計画され、戦争で中断したという幻の地下鉄ホームを改良して作られていた。このため、今でも『野原町』と書かれた昔の駅名標や線路といった夢の名残があちこちに見られる。

槙乃さんは僕の持ってきた本を半分だけ受け取ると、残りの本は著者名に従って、僕に片付けてほしいと言った。僕はホームにずらりと並んだアルミ製の分厚い書棚に向き直り、さっそく作業をはじめる。駅に間借りする店舗の小ささからは想像もつかない数の蔵書が、そこにはあった。『読みたい本が見つかる本屋』というネット上の噂《うわさ》がどこから出たのかわからないが、この棚の行列を見渡す限り十分うなずける話だ。

僕は本をしまいながら、せっかく二人きりで喋れる機会を無駄にしないよう、話題を探した。二つ先の書棚の前にいる槙乃さんに向かって声を張り上げる。

「さっき東膳さんから電話がありました。音羽先生、読書会にいらっしゃるそうです」

「そうですか。紗世ちゃん、喜んでいたでしょう？　よかったですね」

ごく自然な返事がきた。自然すぎて、ムードもへったくれもない。そうなのだ。結局、僕と槙乃さんの共通の話題は、本か仕事にまつわるものになってしまう。所詮、店長とアルバイト。僕は落胆を隠して、会話をつづける。

「読書会って、全員が必ず発言しなきゃいけないんですか？　僕、できれば聞き役に徹したいんですけど」

「えっ」と素っ頓狂な声があがり、本棚の端から槙乃さんが顔をひょこっと覗かせた。

「倉井くんは、『六番目の小夜子』を読みました？」

「今、読んでいるところです。何か最初から恐ろしげな文章がたくさんあって、ページをめくりたくないんだけど、サヨコって何なんだ？　誰なんだ？　って気になるから、やめられなくて——」

「それです」と槙乃さんは大きな目をくるりと動かして、親指を突き出す。

「え」

「発言してるじゃないですか、倉井くん。発言しないでいる方が、難しくありません？」

「でも、これはただのつたない感想ですから」

「感想につたないもうまいもないですよ。他は知りませんが〈金曜日の読書会〉では、同じ本を読んだという日々の共有が、一番大事で楽しいことですから」

ねっ、と僕に同意を求めた槙乃さんの顔はやさしく愛らしくて、さっきまでの僕のちんけな落胆なんてやすやすと吹き飛ばしてしまう。僕は眼鏡を押し上げ、空調がきっちり整った地下の空気を深々と吸い込んだ。

「わかりました。僕も早く読み終えて、はじめての読書会を楽しむことにします」

そこで僕はいったん口をつぐみ、しばらく迷ってから、思い切って言ってみる。

「そういえば、東膳さんが驚いてました。あの付箋は魔法みたいに効果抜群だったと」

僕の言葉を聞いて、槙乃さんの顔がすっと書棚の向こうに隠れる。音羽先生との間に、きっといろいろなことがあったのだろう。あえて口に出したくない思い出もあるのかもしれない。過去は過去だ。だけど過去もまた、槙乃さんの一部なのだ。僕は追いすがるように、呼びかけてしまう。

「南店長、魔法のタネを教えてもらえませんか?」

しばらく間が空いた。すたっ、しゅっ、すたっと、槙乃さんが本を丁寧に片付けていく音だけが響く。やがて、すべての本をしまいおえたのか、その音も止《や》んだ。

「タネがあるのは手品です。魔法じゃない」

歌うように言うと、槇乃さんは肩にかかった髪を後ろに払いながら、僕の棚の方に歩いてくる。そしてことさら怖い顔を作ってみせた。

「作業が止まっていますよ、倉井くん」

「あ、すみません。ごめんなさい」

僕があわてて書棚に向き直ると、背中に声が当たる。

「高校三年生の文化祭で『六番目の小夜子』の発表をすることになって、夏休みから準備をはじめていたんです。その何度目かの会合の時にね、メンバーの一人が教室の窓をあけて、夏の真っ青な空の下、あの一文を諳《そら》んじてみせました。

《ふだんさ、街の中でもさ、この道は海に続いてるんじゃないかって思う道ない?》

そして言ったのよ。『こういう感覚、すごくわかるなあ』って」

槇乃さんの口真似《くちまね》を聞いて、僕はそのメンバーが誰かわかった。だから、振り向けなかった。きっと嫉妬で醜い顔になっているに違いないから。僕がもくもくと作業をつづける間に、槇乃さんの視線は僕の背中を通り越し、ずっと遠くの思い出の中へと旅立っていく。

「それを聞いていたオットーが、『俺はこれから夏が来るたび、この教室にいるおまえらの顔と、窓の向こうの青空と、おまえの言葉を思い出す気がするよ』と言ったことまで、私は今も覚えています。たぶんヤスくんも栖川くんもオットー自身も——」

「もう一人のメンバーも」

僕は槇乃さんに背を向けたままつぶやく。槇乃さんは肯定も否定もせず、しずかに息を吐いた。

「彼はこの野原町にもそういう、海につづいているような道があるとも言ってました」

――やっぱり、「彼」か。

僕は心を落ち着けようと、目の前に並んだ本の背表紙を掌でなでた。

青春の光そのもののように、槇乃さんだけでなくヤスさんや栖川さんの心まで照らす人の名前を、僕は知っている。

――その「彼」の名は、ジンさんですよね？

質問する勇気が出ない僕の横に並び、槇乃さんは話しつづける。

「野原高校から山道を下ってきて、そのまま野原駅に向かう広い道路がそれだって」

「そうですか」

僕は最後の一冊をどうにか片付け終わると、こっそり呼吸を整えて、隣の槇乃さんを見下ろす。槇乃さんの髪から花の香りがした。ジンさんもこの香りを嗅いだのだろうか。ジンさんは槇乃さんの髪に触れたのだろうか。僕の頭はかっと熱くなり、声がうわずる。

「〈金曜日の読書会〉の参加者、増やさなくていいんですか？」

槇乃さんは大きな目で僕を見上げ、ゆっくり首を横に振った。

「いいんです」

僕は思わず目をそらしてしまい、そんな自分の弱さにがっかりする。槇乃さんの過去が気になるくせに、好ましく思える槇乃さん、自分が見たい槇乃さんだけを見ようとする心は、同時に生身の槇乃さんを否定していた。生々しい存在としての彼女を消そうとしていた。だとすれば、これは恋でも何でもなくて、ただの妄想だ。

僕は作業でかいた汗とは別の冷たい汗を背中に感じ、逃げるように地下書庫を出た。

*

夏休み最初の金曜日は、よく晴れた。夏休み中の部活動で高校に来る生徒達、おじいちゃんおばあちゃんの家に遊びに来たと思われる小学生、そして一足早い夏休みをもらったらしい大人達が、電車の発着に応じて〈金曜堂〉に寄ってくれた。

僕ら書店員はいつも通りの接客に努めたけれど、みんな少しずつ浮き足立っているようにも見えた。頭のどこかに、読書会のことがあったのだと思う。

臨時列車が早々に発《た》って、本日の列車の運行が終わると、みんな先を争うように作業を終えて、自動ドアに閉店の札をさげた。

その後やって来た紗世ちゃんを混ぜて、読書会の準備をはじめる。

喫茶スペースのテーブル席をずらして真ん中に空間を作ると、バックヤードから持ち出したパイプ椅子を六脚並べた。椅子でできた円陣の真ん中にテーブルを置き、コーヒーポットとレモネードの入ったピッチャー、そして人数分のグラスを並べておく。

槇乃さんが「夜なべして作りました」と小夜子人形なる段ボールに毛糸を貼りつけた世にも恐ろしい代物《しろもの》をバックヤードから持ってきたけど、全員に「それ、小夜子じゃなくて貞子《さだこ》」と突っ込まれ、しぶしぶ引っこめた。

バーカウンターの中では栖川さんが夜食を作ってくれている。卵とソーセージを挟んだロールパンサンドだ。もう一種類、ポテトサラダを挟んだものはすでにできあがり、ナプキンを敷いた銀盆に並べられていた。

「おいしそうですね」

僕と紗世ちゃんがつられてバーカウンターに寄っていくと、栖川さんは青い目を光らせ、「ステイ」と言い放つ。

「ひどい。わたし達、犬じゃないですよ。ねえ、倉井さん」

手をぱたぱたさせて僕に同意を求める私服姿の紗世ちゃんは、先週よりくっきり日に焼けていた。今週は月曜からずっと、水泳の授業の補習があったらしい。

「そのパイナップル柄のオールインワン、かわいいですね。よく似合ってます」

槇乃さんが通りがかりに、紗世ちゃんに笑いかける。たちまち紗世ちゃんは頬を上気させた。

「うれしい。南店長に私服を褒められちゃった」

「よかったね」

僕はしみじみ応じる。槙乃さんに褒められるとうれしい。そんな無邪気なよろこびだけであふれる日々が、僕にもあった。それは槙乃さんを高い位置に置いて、下から見上げている時にだけ味わえるしあわせだ。同じ目線で言葉を交わすことができないのは、果たして僕にとって本当のよろこびなのか？　今週、僕はこの悩みの中にいた。

僕が眼鏡の縁を持ったままかたまっているのが気になったのか、紗世ちゃんが手を振ってくる。

「倉井さん、だいじょうぶ？　影が薄いよ」

「もともと薄いんだ。だいじょうぶ。そんなことより、『六番目の小夜子』は読めた？」

紗世ちゃんは小鼻をふくらませて、得意満面って顔でデイパックから文庫本を取り出した。何枚も付箋がついている。

「人生ではじめて真剣に読んだ本です。怖い話かと思ったけど、これはわたしの本でした」

「おお、すごい感想だ」

「倉井さんは？」

「僕も読んだけど、付箋まではつけてないなあ」

「やった。わたしの勝ち」

「何それ？　勝ち負けあるの？」

僕が思わず高校生相手にむきになったところで、喫茶スペース側の自動ドアがひらき、ヤスさんが転がりこんできた。

「オットーが来たぞ」

その一言で、僕ら——紗世ちゃん含めて——全員が緊張して自動ドアの方を向く。

ほどなくして入ってきた音羽先生は、僕らが全員、自分を見ていることに少し煙たい顔をして、しわだらけの白いシャツの袖をめくりながら手をあげた。

「よお。改札あけといてくれたんだな。助かったよ」

みんなの肩から力が抜けるような、まのびした声だ。音羽先生はヤスさんと栖川さんを見比べ、かすかに笑う。

「二人とも変わらないな」

「あぁ？　聞き捨てならねぇぞコラ。俺は卒業してから三センチも伸びたんだ。栖川も伸びたから差が縮まらないだけで——」

「いや、身長の話じゃない。雰囲気だよ」

音羽先生はヤスさんをなだめた後、ゆっくり槇乃さんの方へと視線を向けた。

「南は――」

「変わらないですよ、私も」

槇乃さんが言葉を引き継ぎ、にっこり笑う。音羽先生は歯の隙間からすいっと息を吐き、

「そうか」と言葉少なにうなずいた。

紗世ちゃんが、栖川さんからロールパンサンドの飾りつけが終わった銀盆を受け取り、中央のテーブルに運びながら、音羽先生を振り返る。

「〈金曜日の読書会〉のプレ活動、はじめてもいいですか?」

「いいよ。やろう。俺もあらためて読み直してきた」

音羽先生はそう言って、膝の出たチノパンの尻ポケットから文庫本を取り出してみせた。すっかり見慣れたセーラー服の少女の表紙だけど、僕や紗世ちゃんの本と違って、年季が入っている。

音羽先生の後に従うように、僕らはめいめい席についた。紗世ちゃんは座ったと思ったらまたバネ仕掛けのように立ち上がり、深々と頭を下げる。

「えっと、みなさん、お集まりいただき、ありがとうございます。では、さっそく〈金曜日の読書会〉をはじめたいと思います。えっと、最初はどなたから――」

「おまえだよ、東膳」

音羽先生に言下に命じられ、紗世ちゃんは「ふぇっ」と目をむいてたじろぐ。小さな手

が宙でぱたぱたと風を切った。それでも、僕らと目を合わせるうちに、覚悟が決まったらしい。足元に置いたデイパックから文庫本を取り出し、ぱらぱらとめくった。

「えっと、じゃあ——わたしが一番印象深かったのは、この本は四季を巡る話だけど、その季節ごとに割かれているページ数がけっこう違うなってことです」

自信満々に言い切った紗世ちゃんは、僕らのぽかんとした表情に気づき、眉をわしゃっと寄せた。

「あれ？　わたし、変なこと言ってます？」

「いえいえ、興味深いです。つづけてください」

槇乃さんが大きな目をきらきらさせて、先をうながす。紗世ちゃんは安心したように、こくりとうなずいた。

「えっと、春の章が八十一ページ、夏の章が二十三ページ、秋の章が六十六ページ、冬の章が百十八ページで、再び、春の章が十三ページ——」

「おい、何だおい、東膳紗世は理系か？　数字大好きか？」

僕の左隣に座ったヤスさんが、耳打ちしてくる。僕は（さあ？）と首をかしげておいた。

「物語がはじまり謎が深まる春と、わたしがこの本の中で一番怖かった学園祭のある秋、そして謎解きのある冬は、いわばこの本を成り立たせているサヨコ伝説の肝だから、それだけページを使っているのでしょう」

そこまで一気に話すと、紗世ちゃんは「でも」と言葉を切って、黒々とした瞳で僕らをぐるりと見回した。

「この本を読んだ後、わたしが思い出すのは、夏の光景です。たった二十三ページしかなかった夏の章で描かれた、津村沙世子達の一点の曇りもないような——作中の言葉を借りれば《『パーフェクト』な》——青春っぽさが、とても印象に残っています」

僕らはしばらく誰も何も言わなかった。でもそれは、紗世ちゃんが話しはじめた時の〈おいおい、どこへ行くんだ?〉的な戸惑いに満ちた沈黙ではなく、紗世ちゃんの読書体験をそれぞれの胸で味わっている間の沈黙だった。

「というのも、わたしはずっとパーフェクトな青春に憧れていたからです。特に夏の青春的なあれこれって、とても生きてる感じがしませんか?」

僕は無意識のうちに深く腰掛け直していた。思い出すのは、この間槙乃さんから聞いたばかりの、〈金曜日の読書会〉メンバーと音羽先生の夏の一日のエピソードだ。教室の窓から覗く青空に、真っ白な入道雲が立ち上がっている様まで、ありありと想像できた。僕はそっと一同の顔を見回す。話を聞いて想像しただけの僕ですら、ここまで鮮明な光景が浮かぶのだ。実際の記憶を持つ彼らの胸に、あの日が浮かばないわけがない。案の定、みんなの目が少し遠くなっていた。

紗世ちゃんの声が、夢の中のようにくぐもって響いてくる。

「わたしには、双子の姉妹がいました。といっても、お母さんが妊娠初期の頃に子宮に吸収されて消えちゃったんで、喋ったことも見たこともない姉妹ですけど」

「バニシングツイン？」

槙乃さんの言葉に、紗世ちゃんは「それです。南店長、さすが物知り」とうなずく。

「本来いたはずの片割れが、生まれた時からいないせいかどうかわからないけど、わたしにはずっと物足りなさがありました。特に高校に入ってからは、毎日『こんなはずじゃない。もっと《『パーフェクト』な感じ》があるはずなのに』と、もどかしくて――」

僕は紗世ちゃんがやたら繰り返していた「これぞ青春」という発言を思い出す。お気楽な女の子の幼い戯《ざ》れ言《ごと》のように受け取っていた自分を反省した。

「この本の中では、津村沙世子という少女が《お客さん》として現れて、《『パーフェクト』な感じ》が完成します。だとすれば、わたしの《お客さん》は――」

紗世ちゃんは意識的に言葉を切って、槙乃さん、ヤスさん、栖川さんの順でぐるりと見回す。

「十年以上前、今わたしが毎日を過ごしている校舎で、わたしと同じように授業を受けたり、お弁当を食べたりしていた〈金曜日の読書会〉メンバーのみなさんです」

紗世ちゃんの澄んだ声が、鐘の音《ね》のように響き渡った。

「《お客さん》って、あれか？　《姿を変えた訪問者》ってやつだっけ？」

ヤスさんがつぶやく。僕は急いでページをめくり、該当箇所を読み直した。

《お客さん》とは、登場人物の一人である男子生徒が父親と話す場面で出てくる言葉だ。昔話にもよく出てくる超自然的存在で、『六番目の小夜子』では《旅人に姿を変えた神様》とも言い換えられている。

どこからともなくやって来た誰かが、村や家族など大小さまざまな集団に混じり、そのたいらかな水面《みなも》にさざ波を立てる。

作品内で、男子生徒が父親に尋ねていた。

《「えー、じゃあ、『お客さん』は、一体なんのためにやってくるのかなあ」

「なんでだろうなあ。それは永遠のテーマだろうな。まあ、お前たちを試しに来ているのさ」》

この《試しに来ている》という言葉が、僕の心にずしりと残った。

紗世ちゃんはのってきたらしく、いきいきと喋りつづける。

「みなさんは卒業アルバムって形で、わたしの前に現れました。わたしのずっと憧れていた〈これぞ青春〉を見せてくれました」

音羽先生がパイプ椅子の背もたれに寄りかかって、足を投げ出す。

「東膳、読んでくれ」

「え？」

「この本の中で、おまえが一番好きな箇所を朗読してくれ」

「はあ」と紗世ちゃんはおずおず本をひらく。そしてふだんの喋り方より少しだけ高い声で、付箋のついたページの文章を読みあげた。

「《こうして四人で過ごせる最高の時間がほんの少ししかないことも、彼は心のどこかで承知していた。たとえ四人が大学生になって再会したとしても、もう二度とこんな一体感、この四人がいるべき場所にいるという、世界の秩序の一部になったような満足感を味わうことはないだろうと。》」

紗世ちゃんは「完璧です」とうっとり言って文庫本を閉じると、胸に押し当てる。

一方、栖川さんとヤスさんは困ったように顔を見合わせていた。槙乃さんにいたっては膝の上で指を組んだまま、床をじっと見つめてしまっている。

音羽先生がゆっくり背もたれから身を起こした。そして、紗世ちゃんに座るよう手で合図し、代わりに自分が立ち上がる。

「俺もこの目でそういう《『パーフェクト』な感じ》を見たことがあるよ。絵に描いたような青春を、第三者として間近で見られるのは教師の特権だ」

「それって、〈金曜日の読書会〉OG・OBのみなさんのことですよね？」

紗世ちゃんが口を挟む。音羽先生はかすかにうなずいた。

「そうだ。彼らの一人が『六番目の小夜子』を読んだ時、野原高校から山をおりて駅に向かう道の先にも海がありそうだと言ったんだが、俺はね、彼らが教室に集まって他愛ない会話で笑ったり騒いだりしているのを眺める時、いつもその教室の窓の向こうに海を感じたものだ」

槇乃さんがはっと顔を上げる。ヤスさんと栖川さんも音羽先生を見ていた。音羽先生は誰とも目を合わせず、自分の文庫本をひらく。

「俺は傍観者でいる自分に満足していたし、そういう立場が好きだった。学生の頃から、舞台に上がるのは好きじゃないんだ。だから、《あまりに澄んだ流れを見ていると、思わず手を流れの中に入れてみたくなる。》なんてことはなかった」

音羽先生は作中の文章をさらりと会話に挟みこんできた。読書中、その喩《たと》えの文章から登場人物のリアルな心情がはっきり伝わったから、僕はよく覚えていた。紗世ちゃんもそうだったのだろう。(何ページ?)と口の形だけで言葉を作って、僕に聞いてくる。

僕が文庫本に目を落としてそのページを探していると、紙面にすっと影が落ちた。隣の槇乃さんが立ち上がったのだ。

「それでも、オットーは間違いなく、私達の流れに入ってきたよ」

音羽先生を見つめて、槇乃さんはしずかに言う。口調が、ヤスさんや栖川さんと話す時のようにくだけていた。教師に対してそんな喋り方ができるのは、礼儀うんぬんはともかく、槇乃さんと音羽先生が親しくて近い関係を築いていたからだろう。

—オットーが話してくれる大学時代の話に、高校生の私達は夢中だった。自分達の半歩先にある世界。だけど、圧倒的に遠い世界。バックパック一つで世界の国々を巡った話、いろいろな国の子供達の話、彼らが置かれている苦しい境遇の話、国という枠組みから飛び出した時にはじめて見えてくる自分の話——そういうのが全部、私達を大きく揺らした。特に彼は、興味の方向性の折り目をくっきりつけられた気がする」

槇乃さんの顎から頬にかけての美しいラインを見上げながら、僕が言葉を探している間に、紗世ちゃんが声をはずませた。

「その『彼』って、もしかして、ここにいないメンバーのことですか？」

「——そうです」

「じゃあ、『彼』がみなさんといっしょに働いていないのは、やっぱりそういう理由からですか？　音羽先生に影響されて世界を巡っているとか？」

槇乃さんが微笑《ほほえ》み、ヤスさんと栖川さんはうつむく。そして、音羽先生は凍りついたように動きを止めていた。

はからずも『六番目の小夜子』での学園祭初日なみに、〈金曜堂〉に得体の知れない緊張感が漂いだす。無邪気に尋ねた紗世ちゃん自身、思わず口ごもってしまうほどの濃い緊張感だった。まずいんじゃないか？　と僕の心が訴える。槇乃さんの微笑みが徐々に湿度を増していくのがわかったからだ。

僕の不穏な予感が形を作る前に、槙乃さんが口をひらく。

「あの人はここにいません。この世界のどこにもいません。私がどこに探しに行こうと会えないし、どれだけ待っていても帰っては来ないんです」

「え。それじゃ、まるでその人——」

紗世ちゃんのつぶやきが垂直に落ちていく。ヤスさんがわめいた。

「やめとけ、南。無理に話すな」

「無理してないよ。私ずっと、五十貝くんについて、オットーとちゃんと話したかったの」

——イソガイ？

その聞き覚えのある響きについて僕が考える間もなく、紗世ちゃんがぱっと音羽先生を見て叫ぶ。

「五十貝家之墓」

栖川さんが青い目で紗世ちゃんを射抜いた。その視線に気づかず、紗世ちゃんは言い添える。

「音羽先生がお参りしてた野原霊園のお墓に、そう彫られていましたよね」

「オットー、ジンの墓に今も？」

ヤスさんが声をうわずらせ、立ったままの音羽先生を見上げる。

僕はジンさんのフルネームと共に、彼がもうこの世にいないことを知ったのだった。

――イソガイ　ジン。

「休憩しよう」

栖川さんがその美声を響かせ、きっぱり言う。激しいダメージを食らったボクサーにタオルを投げ入れるセコンドのように、的確な判断とタイミングだった。

栖川さんは中央のテーブルに向かい、有無を言わせず全員分のロールパンサンドを小皿に取り分け、飲み物を聞いた。僕と紗世ちゃんがレモネード、他の人達はコーヒーをついでもらう。六人ならバーカウンターに並ぶこともできたが、みんなあえてパイプ椅子の円陣に戻った。

まだ〈金曜日の読書会〉は終わっていないからだ。

紗世ちゃんは不安げにみんなを見回しながら、パンを両手で持って齧る。と、表情がぱっと明るくなった。

「おいしい」

音羽先生は隣の栖川さんを見ないまま、独り言のようにつぶやく。

「栖川が高校に持ってくる弁当も、いつもうまそうだったもんなあ。自分で作ってると聞いて、驚いたもんだ」

「時々は、ジンの分まで作ってた」

栖川さんがジンさんの名前を出すと、音羽先生はかすかに笑った。

「五十貝にせがまれると、みんな、嫌とは言えなくなっちゃうからな」

その言葉を聞き、僕の中のジンさんのイメージはますます膨れあがる。

しばらく他愛ない雑談がつづき、みんなの小皿からロールパンサンドがなくなり、飲み物を手に一息ついた頃、ヤスさんがぽつりと尋ねた。

「オットー、あの時もせがまれたのか?」

「あの時――」

音羽先生は途切れた言葉のつづきを探すように、コーヒーカップの中を覗きこむ。槙乃さんも同じようにコーヒーカップを覗きこみながら言った。

「五十貝くんが高校を卒業後、『世界をこの目で見てみたい』って言いだした時、私達はみんな反対したんです」

「こればかりは、ジンに『賛成してくれよ』とせがまれても、俺達ははっきり『嫌』と言ったんだ。『やめとけ』って」

ヤスさんが言い添えると、槙乃さんがゆるくウェーブのかかった髪を後ろに払って、まっすぐ音羽先生を見つめた。音羽先生の眉が下がる。

「俺は――せがまれもしなかったよ。すぐ賛成したからな。『みんなからは反対されているんだけど』と悩む五十貝の背中を『やってみれば』と押してしまった。ほんの一意見のつもりだったが――」

「ジンはオットーに憧れていた。オットーみたいに世界を見たいと考えていた。オットーが賛成すれば、世界中の人に反対されたって、やる。あいつは、そういうやつだ」

栖川さんが立ち上がり、みんなの小皿を回収しながら言う。音羽先生は顔を白くしてうつむいた。

「無責任な励ましだったんじゃないかと、あれから何度も自問した。だが――」

音羽先生はコーヒーカップを床に置き、両手でゆっくり顔を覆う。くぐもった声が押し出された。

「あの時の俺は――五十貝ならできると信じていた。心から信じていたんだ」

「オットー」

槇乃さんの呼びかける声を遮って、音羽先生は早口になる。

「ずっと傍観者のつもりでいたし、そんな自分の立場をわきまえているつもりだった。だけど結果的に、俺は美しい川の流れの中に手を入れていたんだな。おまえ達の《『パーフェクト』な》関係を一番残酷な形で壊すきっかけを作ってしまった。本当に――すまなかった」

謝罪の言葉で、音羽先生の告白は終わった。槇乃さんが「オットー」ともう一度呼びかける。そのやさしい響きに、音羽先生はようやく顔から手を離した。

「オットー、それは間違いです」

「え」

「私が五十貝くんと最後にメールした時、彼は『六番目の小夜子』を話題にあげていました。自身の高校時代と物語のおもしろさを絡めて、五十貝くんは書いてきました。『〈金曜日の読書会〉が僕の青春だとすれば、南とヤスとコウ、それにオットーがいてくれたから、春がきれいな青に染まったんだと思う。《『パーフェクト』な感じ》ってあいうことかと、遠くに来た今だからわかる。帰ったら、真っ先にみんなに会いに行くよ』」

おそらく何度も読み返したに違いないジンさんからのメールの文章をすらすらと暗誦《あんしょう》し、槇乃さんはにっこり笑った。いつのまにか、その笑みから湿度が抜けている。

「先生がいるから、生徒がいて、学校になります。〈金曜日の読書会〉も顧問がいなければ、発足できなかった。あの場がなければ、私達は出会えなかった。オットーは最初から傍観者なんかじゃなかったんです。私達の——パーフェクトな仲間です。だから、どうか一人で罪悪感を抱え込まないでください。申しわけない気持ちや五十貝くんを思い出してしまうつらさがあっても、私達を避けないでください。悲しい時はいっしょに悲しみたい。五十貝くんがたしかに生きていたってことを、いっしょに思い出したいんです。お墓参りだっていっしょに行きましょう、これからは」

そう言い切ると、槙乃さんはすうっと大きく深呼吸した。胸に両手をあてて、顔をほころばせる。

「あー、やっと言えた。ずっと伝えたかったのに、オットーが雲隠れしちゃうから」

「〈金曜堂〉から出した開店の知らせも無視しやがるしよぉ」

ヤスさんが睨みを効かせると、栖川さんも腕を組んでうなずいた。

音羽先生は乱れた髪を掻いてますます乱れさす。かすかな声で笑いかけたが、すぐに肩が震えて、声が出なくなった。

うつむいて肩を震わせる音羽先生に、紗世ちゃんがイチゴのワンポイント柄のタオルを差し出す。音羽先生がタオルを受け取ると、紗世ちゃんはふんっと気張って立ち上がり、高らかに宣言した。

「本日の〈金曜日の読書会〉は、これにて閉幕。みなさん、いいですよね？」

パイプ椅子に座ったまま呆然《ぼうぜん》となりゆきを見守っていた僕と目が合うと、紗世ちゃんは人差し指をくいくいと曲げた。

「というわけで倉井さん、わたし達は帰りましょう」

「え、でも――」

「後片付けは、ＯＧ・ＯＢのみなさんがやってくれるはずです。音羽先生といっしょに」

ねっ、と槙乃さん達に笑いかける紗世ちゃんの横顔は、今までが嘘のように大人びていて、僕は何冊か読んだフェア本からの教訓を思い出す。

——少女は、ひと夏で簡単に大人になってしまう。

＊

外灯が照らす道を、僕と紗世ちゃんは並んでバスロータリーに向かって歩いた。野原高校へは家から電動自転車で通っている紗世ちゃんだが、今夜の読書会には、時間帯を考えてバスで来たという。電車が早めに終わってしまう金曜日も、バスは通常通り深夜まで運行していた。

ロータリーに島のように浮かんだバス停留所につくと、紗世ちゃんはスマホで時間をたしかめ、「ラッキー。あと八分で来る」と顔をかがやかせる。

「どう？〈金曜日の読書会〉はつづけられそう？」

僕の質問に、紗世ちゃんは頬をふくらませた。

「当然です。音羽先生も顧問になってくれそうだし。ていうか、つづけなくちゃいけないでしょ。先生と生徒のあんな絆《きずな》を見せられたら」

「絆かあ」

「青春だよ。あれこそ、わたしの探していた青春」

拳を握りしめて気合い十分な紗世ちゃんを尻目に、僕は眼鏡のつるを持って夜空を見上げた。夏の星はまたたきが鈍い。その分、目に焼きついた。

「僕にはまぶしすぎたなあ。何だか割って入れないものを感じた」

「倉井さん、あの輪に割って入りたいんですか？」

紗世ちゃんの素直な質問が、僕の胸に突き刺さる。

「あ、いや、そりゃ無理だよね」

頭を掻く僕を、紗世ちゃんは小さな鼻を上向かせて見ていたが、「あ」と声をあげて背負ったデイパックをおろす。

「これ——今日の小道具に持ってきたのに、出すのをすっかり忘れてた」

出てきたのは、卒業アルバムだった。図書室からこっそり持ち出してきたと、紗世ちゃんは舌を出す。

僕がアルバムの表紙に目を落としたままかたまっていると、紗世ちゃんは「見たい？」と聞いてくる。僕はたっぷり一分悩んでから、うなずいた。

紗世ちゃんが部活動のページをひらいて、渡してくれる。僕はずしりと重いアルバムを抱えて外灯の明かりが届くところまで移動すると、眼鏡のブリッジをおさえて覗きこんだ。

『読書同好会』というシンプルなキャプションの上に、写真が載っている。

生徒達はみんな夏服の制服だった。カメラのレンズを睨んでいるのは、ヤスさんだ。顔つきが幼くてリアルに悪ガキだ——なんて、本人には絶対言えない感想を抱く。まだ金髪でも角刈りでもない代わりに、剃《そ》りこみの入った坊主頭というのもヤスさんらしい。そんなヤスさんの後ろで涼しげに立つのは、栖川さんだ。こちらは髪型も顔立ちも、今とほとんど変わらない。すでに完成形の雰囲気を醸していた。制服の黒いズボンと半袖の開襟シャツが、この頃からバーテンダーに見えなくもない。栖川さんの隣で、槇乃さんが両手いっぱいに本を抱えて、にっこり笑っている。髪が今より長くてストレートだ。ヤスさんと同じく、顔つきはまだ幼い。少女そのものといった笑顔だった。

そして生徒達から少し離れて、笑顔の音羽先生が立っている。今より肌つやがいい。

「音羽先生がこの写真と同じ笑顔で、わたしの卒業アルバムに写ってくれるのが、今の目標であり夢なんです」

紗世ちゃんがそっと教えてくれた。

「実現させなよ、絶対に」

僕は力強く励ましてから、あえて素通りしていた最後の一人の姿を視界に入れる。

五十貝迅《じん》。ジンさん。僕はやっと彼の姿を見ることができた。イメージしていた姿と同じかどうかなんてどうでもよくなるくらい、ジンさんはジンさんだった。アルバムの写真は高校生のジンさんだが、きっと五歳のジンさんも、十一歳のジンさんも、二十歳のジンさんも、こんなふうに大きな口を菱形《ひしがた》にあけて笑っていたのだろう。そんな印象の人だった。幼稚園にあがる前から小学六年生までずっと入院生活を送った過去など微塵《みじん》も感じさせない、すこやかな明るさが漲っている。栖川さんみたいに整っているわけではないが、みんなに愛されそうな顔だ。

紗世ちゃんがこの写真を見て、「これぞ青春」と思ったり、《『パーフェクト』な感じ》と受け取ったのもうなずける。そんなふうにみんなをまとめあげているのは、間違いなくジンさんだった。その証拠に、メンバーも顧問もてんでんばらばらの方を向いているようにみえて、実はみんながジンさんに爪先を向けている。

「この人がもうこの世にいないなんて、信じられないな」

僕のつぶやきの意味を的確に受け取ってくれたらしく、紗世ちゃんがうなずく。

「たしかに。なんていうか――早死になんて、この人には似合わない。不幸がよけて通ってくれそうな顔をしてる。友達や先生に大事にされて、恋人や奥さんに愛されて、子供や孫に恵まれて、笑顔に包まれて、最期はたくさんの人に看取《みと》られ、惜しまれながら、大往生するタイプに見える」

そして、紗世ちゃんが何気なくつづけた次の言葉に、僕はかたまった。

「でも逆に、そういうところが五十貝さんを《お客さん》にしたのかもしれない」

「――南店長達は、ジンさんに試されていたってこと？」

「正確には、試されてる、かな。現在進行形。五十貝さんというか五十貝さんの死が、音羽先生をはじめ〈金曜堂〉のみなさん、わたしまでをも試している気がする。こんなこと、とてもあの場では言えなかったけど」

「僕らに、何を試しているんだよ？」

僕を見上げる紗世ちゃんの目が、湖に映る月のようなかがやきを宿す。

「ちゃんと生きているかどうか」

心がしんとした。

だまりこんだ僕の横で、「あ、来た」と紗世ちゃんがぴょんと飛び跳ねる。バスがロータリーをゆっくり回りながら、近づいてきていた。

僕は外灯の下で何度もアルバムの角度を変え、ジンさんの顔を見直す。だけど見れば見るほど、ジンさんの輪郭は淡くぼやけてしまうのだった。

あきらめてアルバムをとじると、紗世ちゃんの背にまわりこんで、ジッパーがあいたままのデイパックに押し込んでやる。

「もういいの、アルバム？」

「いいよ」

僕はうなずき、「気をつけて」と手をあげた。精一杯の強がりだった。

ひどく掻き乱された心を必死で保ちながら、紗世ちゃんがバスのステップをのぼり、学生証を提示し、ＩＣカードで機械にタッチするのを見届ける。

ふいに——二人は全然似ていないのに——夏服の制服を着た高校生の槇乃さんを見送っている気がして、僕は何度も目をこすった。

どこかで、眠りそびれた蝉が短く鳴く。生者も死者も等しく影を濃くする夏は、これからますます深みを増すのだ。

第2話

パンやのクニット

八月に入り、連日三十度を超える日がつづいている。

僕は野原駅で電車を降りると、目をあけているのもやっとの真っ白な夏の光から逃げるように、跨線橋《こせんきょう》につづく階段に向かった。

「おはようございます」

自動ドアを胸でこじあけるようにして、駅の中にある本屋〈金曜堂〉に飛び込む。クーラーの冷気と共に、甘い香りが全身を覆った。

――お菓子のにおいだ。

甘い物は和洋どちらもそこそこいける口の僕は、店の半分を占める喫茶スペースのバーカウンターに目をやる。いや、正確には目をやろうとした瞬間、下からぬっと出てきた金髪角刈りの尖《とが》った毛先に、視界を遮られた。

「バイトがオーナーを見下ろすなコラ」

僕の正面に立ち、奥に引っ込んだ目をみひらくようにして睨《にら》んできたのは、ヤスさんだ。

「すみません。身長の関係でどうしても――」

「うっさいわ。自分より十センチ低いやつなら、問答無用で見下していいのかコラ」

「ちょっと待ってください。僕は見下ろしたけど、見下してはいませんって」

僕は必死に訂正しながら、眼鏡を押し上げる。ヤスさんはよく見るとけっこうつぶらな瞳のベビーフェイスだったりするのだけど、常に三白眼になっているため、顔がどうしても怖く見えてしまう。

そして今日もその怖い顔を崩さず、ヤスさんは僕にからみつづけた。

「八月だってのに、相変わらず涼しい顔してんなあコラ。暑くねぇのかよ?」

「暑いですよ。ただ、汗をあまりかかない体質なんです」

「けっ。代謝が悪《わり》ぃんだよ。今度サウナに連れてってやる」

「え。ただでさえ暑いのに?」

「ガタガタ言うな、坊っちゃんバイト」

僕は首をすくめ、バーカウンターを覗《のぞ》く。

バーカウンターの中では、栖川さんがオーブンから、いいにおいの発生源である何かが焼き上がった天板を取り出したところだった。栖川さんは無駄のない動きで、新しい天板をオーブンに入れる。その上には、スプーンを伏せたような形状の生地があらかじめ並べてあった。純日本的なパーツで上品に整えられた栖川さんの顔の中で、ひときわ目立つ青い目が細くなり、真剣そのものだ。パティシエかスイーツも作れるバーテンダーかといった見た目だけど、れっきとした書店員である。

それにしても、と僕は思う。真夏でも白いシャツのボタンを上まで留めて、蝶《ちょう》ネクタイをきりりと締めた栖川さんこそ、「涼しい顔」代表と言えるのではないだろうか。今だってオーブンの前でだいぶ忙しそうだけど、汗ばみすらしていない。

僕はヤスさんに視線を戻して尋ねた。

「栖川さんは何を作っているんですか？」

「そりゃ、あれだろ。えーと——」

「Lusikkaleipä?」

突然聞き慣れない音が耳に飛び込んできて、僕は振り返る。

雑誌の束を抱えた槇乃さんが、バックヤードのドアの前でにっこり笑っていた。

「おはようございます、倉井くん」

「あ、お、おはようございます、南店長」

「Lusikkaleipä?　ルシッカレイパ。直訳だと、スプーンブレッド——だったかな。フィンランドでは、大きなお祝い事の席などで配られるお菓子らしいですよ」

「はあ。フィンランド——」

言葉をどう継いでいいかわからない僕に近寄り、槇乃さんは抱えた雑誌を突き出す。

一番上の雑誌の表紙に、『フィンランド特集』というピンク色の文字が躍っていた。

槇乃さんは僕を大きな目で見つめ、カールしたまつ毛でぱちぱちとまばたきをする。

「やっぱり、倉井くんは知らないんですね」

「東京もんだからな」

ヤスさんが横から口を挟んだが、槙乃さんは取り合わず、野原町はフィンランドのナントカって町と姉妹都市なのだと親切に教えてくれた。町の名前も本当はちゃんと教えてもらったのだけど、僕が一度では覚えられなかった。

「それにかこつけて、八月二週目の週末に白夜祭《びゃくや》りを催すんだよ、野原町は」

「かこつけてって言い方はどうかなあ、ヤスくん」

「いいんだよ。実際、日本に白夜なんてねぇぞ」

「そりゃまあ、そうだけど」

槙乃さんは口をとがらせかけたが、僕の視線に気づき、白い歯を覗かせて笑う。

「というわけで、明日の金曜日の夕方から土曜日の晩にかけて、野原町白夜祭りが予定されているんです。中身は、打ち上げ花火あり出店あり盆踊りありの純日本的なものですが、白夜にちなんで一晩中家や店の電気をつけて、町のあちこちに設置した提灯《ちょうちん》にも明かりを灯《とも》し、お祭りは夜通しつづきます。〈金曜堂〉も例年二十四時間営業にして、フィンランド関連本のフェアをささやかに展開しているんですよ」

「――あ、それで八月のシフトを入れる際、明日は夜間勤務が可能かどうか聞かれたんですね？」

「そういうことです」

槇乃さんは目をくりっとさせて親指を突き出し、ヤスさんがけけけと笑った。

「まさに、白夜祭りにかこつけての書き入れ時だぞ。しっかり働けよ」

「がんばります」

僕はバーカウンターを指さし、「あのお菓子もお祭りの？」とヤスさんに尋ねる。答えたのは、槇乃さんだった。

「はい。一個ずつきれいにラッピングして、白夜祭りの間、『金曜堂的夏のすすめフェア』の本、もしくは、これらフィンランド関連本を買ってくださったお客様に、レジで配るつもりです」

僕は独特すぎる絵心や色彩センスを持つ槇乃さんを見つめ、おそるおそる問いかける。

「ラッピングはどなたが？」

「僕がやる。問題ない」

バーカウンターから、栖川さんの美声が飛んできた。僕がほっとしたことを知ってか知らずか、槇乃さんはもう一度目をくりっとさせて、親指を力強く突き出した。

夜七時過ぎ、僕は返品《へんぴん》伝票を書き終えて、バックヤードから出る。

〈金曜堂〉の手書き方式の返品作業にもだいぶ慣れてきたが、見込み通り売ることのできなかった罪悪感にさいなまれ、疲れる作業に変わりない。同じ見込み違いでも、足りなくなって追加発注する時の、「まいったなあ」と言いつつ、つい弾んじゃう気持ちとは全然違う。

「配達ですか？」

バーカウンターで槇乃さんと栖川さんが大きなバスケットに書籍や雑誌を詰めているのを見て、僕は声をかけた。

栖川さんが青い目を細めて、こくんとうなずく。無口な人なのだ。代わりに、槇乃さんが説明してくれた。

「栖川くんが〈クニット〉の手作りジャムを分けてもらうそうだから、ついでに持って行ってもらおうかと」

〈クニット〉は野原駅を出てすぐのロータリーの向かいにあるベーカリーだ。若い夫婦が切り盛りしている人気店で、僕ら書店員もちょくちょく利用させてもらっている。店主夫婦ともすっかり顔馴染《なじ》みで、毎日朝早くから夜まで店から離れられない夫婦のリクエストに応じ、パンを買うついでなどに本の配達を請け負っていた。

「〈クニット〉さんが女性ファッション誌をリクエストするなんて、めずらしいですね」

バスケットに詰め込まれたラインナップを見ていた僕は、何気なく口にする。

店主夫婦に子供はいないが、店に来る小さなお客様達のためか、童話の中に出てきそうなかわいい店の雰囲気にあわせてか、店の中の飾り棚に置かれる本は、雑誌でも書籍でもたいてい子供も読めるものばかりだったから、意外な気がしたのだ。

「奥さんがプライベートで読むんだろ」

バーカウンターのスツールに腰をおろし、オレンジ色のランプシェードのやわらかい明かりの下で文庫本を読んでいたヤスさんが、頰杖《ほおづえ》をついたまま口をひらく。そして「んなことより」と三白眼で僕を睨んだ。

「返品が終わったんなら、栖川の代わりに倉井が配達行って、ジャムもらってこい」

「え?」

「坊っちゃんバイトの代わりは誰でも務まるが、〈金曜堂〉の喫茶スペースを取り仕切れるのは、栖川だけだからな」

僕が「ですよね」とうなずくのを確認してから、ヤスさんは槇乃さんに視線を移す。

「んで、南はもう上がっていいぞ。用事があるんだろ?」

「本当? いいの?」

「おう。夏休み中のこの時間だったら、俺と栖川がいりゃ何とかなる」

「ありがとう」

槇乃さんはぱあっと花が咲くように笑って、僕を振り返る。

「じゃ、倉井くん、途中までいっしょに行きましょう」

僕の返事を待たずに、槇乃さんは「すぐ帰り支度してきますから」と言い残し、モスグリーンのエプロンの紐を外しながらバックヤードへと駆けていってしまった。

「南店長が早退なんて、めずらしいですね。何の用事でしょう?」

「さあな。気になるんなら、本人に聞け」

僕の質問にヤスさんがすげなく首を振る。僕がうつむくと、ちっと舌打ちされた。

ヤスさんの奥目の中に、よく研がれた刀のような鋭い光がきらめいている。僕が最近槇乃さんと必要最低限の会話しかしていないことなど、とうにお見通しなのだろう。

僕は好きな人の心に誰か――それも『死』という形で、どうあがいても届かない存在になった相手――が留《とど》まっていることをはっきり知った今、これからも折に触れて思い知らされるとわかりつつ、それでもいっしょにいる強さを、まだ持てないでいた。

救いを求めて目を泳がせた僕の前に、本の入ったバスケットがぬっと差し出された。栖川さんだ。

「あ、どうも」

僕は片手で受け取ろうとしてその重さによろけ、あわてて両手で抱える。

「お待たせしました」と槇乃さんの朗らかな声が、背中にかかった。

有人窓口になっている一番端の改札を会釈で抜けて、ロータリーに向かう。日が沈んだ後だというのに、アスファルトから立ちのぼる熱が体にまとわりついてきた。

「半分持ちましょうか？」

槇乃さんがバスケットの持ち手に手を伸ばしてくる。袖と裾だけがシースルー素材になったTシャツがひらひら揺れた。僕は思わずよけてしまってから、あわてて言う。

「だいじょうぶです。全然重くないです。本当に」

「──そうですか」

槇乃さんはおとなしく手を引っ込めた。その手の小ささに目が釘付《くぎづ》けとなったまま、僕は口にできない言葉を反芻《はんすう》する。

──これから、何の用事があるんですか？

つい数週間前なら飛び上がるほどうれしかった二人だけの時間なのに、今はただただ苦く、気まずい。結局、僕は会話らしい会話もしないままロータリーを横断し、〈クニット〉の前まで来てしまった。

「それじゃ倉井くん、お願いしますね。早生《わせ》さんご夫婦によろしく」

槇乃さんはゆるくウェーブした髪をやわらかく揺らし、頭を下げる。僕は槇乃さんと二人きりの時間が終わることにほっとして、勢いよくお辞儀を返した。

「はい。おつかれさまでした」

姿勢を戻した僕の目が最初に捉えたのは、さびしそうに微笑《ほほえ》む槇乃さんの顔だ。あ、と思ったが時すでに遅し。槇乃さんは「お先に」と言い残し、去ってゆく。僕は胸に広がった苦い気持ちを名付けられないまま、槙乃さんの背中が夜の闇ににじむように消えてしまうまで見送った。

槙乃さんは一度も振り返らなかった。


〈クニット〉は小さいけれど、人目を引く店だ。赤いペンキで塗られた木のドアも、フランスパンの形をした看板に手書きされた『クニット』というカタカナの店名も、黒い鉄枠の窓も、店主のこだわりとセンスが感じられて、「ああ、こういう店を作れる人が焼くパンは、きっとおいしいんだろうな」と思わせられた。そして実際、おいしいのだから、すごい。

赤いドアにかかった『Closed』の札をよけるように、ノックする。

すぐにドアはひらき、ドアと同じ色のバンダナを三角巾にして頭に巻いた奥さんが顔を出した。垂れ目の横にある泣きぼくろが、やさしげな雰囲気を増している。

「あ、〈金曜堂〉さん。わざわざすみません」

奥さんは、僕がモスグリーンのエプロンにつけた名札にすばやく視線を走らせ、「倉井さん、いつもありがとうございます」と頭を下げる。

僕も奥さんの名前が知りたかったが、あいにく奥さんのチャコールのエプロンに名札はついていないのだった。

いつもはお互い〈金曜堂〉さん、〈クニット〉さんと呼び合っているため、いざという時に名前がわからず、慌てることになる。それでも僕はどうにか槙乃さんが口にしていた「早生さん」という苗字《みょうじ》を思い出すことができた。さっそく使わせてもらう。

「早生さんに頼まれていた書籍と雑誌をお持ちしました」

「あ、そうなの？　ごめんなさい。今ちょっと、主人は買い物に出ちゃっていて——私が確認してもいいですか？」

「もちろんです」

僕はうなずき、〈クニット〉の店内に入って、バスケットを床に置いた。

営業中は棚に所狭しと並べられているパンはもう片付けられていたが、まだそのかおりが残っている。

真新しい本のにおいもいいけれど、焼きたてパンのにおいはまた格別だ。お腹《なか》にダイレクトに響く分、しあわせも色の濃いまま届く気がする。

思わず深呼吸した僕を見てふふふと笑い、奥さんはバスケットの上に屈《かが》みこんだ。

「『こどものとも』、『MOE』、『いもうとかいぎ』、『ぞうのボタン』、『だいすき。』。あ、『からすのパンやさん』もある」

コック帽をかぶった二羽のカラスとパンの描かれた表紙がかわいい絵本を高々と持ち上げ、奥さんは歓声をあげた。

「『からすのパンやさん』？〈クニット〉にお似合いの本ですね」

「ええ。お客様もそう思ってくださるみたいで、店でもこれを選んで読んでいく人が多いんです。おかげでページが取れてきてしまって、これは二冊目」

奥さんはしあわせそうに笑った。その笑顔がかたまったのは、一番下に入っていた女性ファッション誌を見つけた時だ。

「これも、ウチが頼んだんですか？」

「だと思うんですけど——あ、ひょっとしたらダンナさんが、野原町白夜祭りの参考に買ったのかもしれませんね」

奥さんは僕の言葉に首をひねりながら雑誌を取り上げ、『フィンランド特集』とピンク色の文字で書かれた表紙をひらいた。ページを繰って、文字や写真を追っていく。そしてふいに目をみひらくと、ぱたりととじた。窓際のカウンターに、雑誌をのせる。

「——そういえば主人、明日あさっては、白夜祭り用にフィンランドのパンを焼くって言ってました。きっと参考用ね」

その時、赤いドアがひらき、紙袋を抱えたダンナさんが帰ってきた。二の腕と肩に筋肉が盛り上がり、ボールを抱えたラガーマンに見えるほど、立派な体格だ。僕を真っ先に見つけると、「〈金曜堂〉さん、待たせてごめんな」と大きな声で謝った。

紙袋から何個も瓶を取り出し、カウンターに並べながら喋《しゃべ》りつづける。

「栖川さんに頼まれたブルーベリージャム。すぐ瓶に詰めるから待っていてくれよ」

僕が「はい」とうなずくと、ダンナさんはバスケットにさっと視線を走らせ、薄い顎鬚《あごひげ》をこすった。

「ついでに配達までしてもらっちゃったんだ？　悪いね」

「いえ、ちっとも」

僕は笑って言いながら、女性ファッション誌について聞くかどうか迷う。

何気なくカウンターに置かれたままの雑誌に目をやると、その前にいた奥さんと目が合った。ぷっくらとした涙袋の下の泣きぼくろが波打ったかと思うと、質問が飛んでくる。

「アルバイトさん、お名前は？」

「倉井です。倉井史弥です」

「そう。私は早生知晶《ちあき》です。主人は邦登《くにと》。よろしく――」

さっき僕の名札を見たはずなのに、とは思わなかった。奥さん、いや、知晶さんはその質問で、僕の不用意な質問を制したかったのだろう。

――触れないでよし。

僕はそう結論を出した。

世の中は触れないでいいことにあふれているのだ、きっと。

〈クニット〉の邦登さんお手製のブルーベリージャムは、待ち構えていた栖川さんが、その晩のうちに使いきった。

例のフィンランドのスプーン形の焼き菓子は、二つ合わせる形でジャムなどをサンドして食べるものらしい。

「今夜中にこのブルーベリージャムを全部挟む」

栖川さんに言葉少なにそう宣言されたら、僕とヤスさんも手伝わないわけにはいかない。

義務感からはじめた手伝いだったけれど、山ほど焼き上がった生地にジャムを丹念に塗っては挟み、塗っては挟みをつづけていくと、無心になれてけっこう楽しかった。

特に僕は、槇乃さんや〈クニット〉に届けた女性ファッション誌のことでもやもやしていたので、ことさら目の前の作業に集中して打ち込み、ヤスさんからめずらしく褒められさえした。

できあがった焼き菓子は、栖川さんが透明なセロファンで丁寧に包んでいく。シールやリボンでセンスよくラッピングすると、立派なギフトになった。

「お祭りがはじまったら、レジの横に置いておくといいだろう」

「これは、うれしいおまけですね」

僕が歓声をあげると、むきだしの焼き菓子が横からにゅっと出てきた。

「試食」

「いいんですか？　ありがとうございます」

「おう、栖川よ。俺にはねぇのか、試食？」

「ある」

「早くくれ。たんとくれ。そしてコーヒーをいれてくれ」

まくし立てるヤスさんをいなしつつ、栖川さんはバーカウンターに入って、フラスコにお湯を入れ、サイフォンコーヒーの準備をはじめる。その横顔がほんの少しだけうれしそうにゆるんでいた。

＊

翌金曜日、野原町白夜祭り当日の最初の——というより開店前の——お客様は、意外な人物だった。

僕がバックヤードでヤスさんと二人、解荷《かいか》・検品《けんぴん》作業をしていると、ドアが勢いよくあいて、レジ開けをしていたはずの槇乃さんが入ってくる。

「倉井くん、私の代わりにレジ開けお願いできますか？　地下書庫に行ってきます」

言うが早いか、槇乃さんはもう床にしゃがみ込んで、床下へとつづく扉の把手《とって》を引っ張っていた。小さな入口がぽっかり口をあける。

自分の顔の大きさくらいありそうな、バカでかい懐中電灯を抱えて降りていく槇乃さんを、返事もせずに見送っていた僕の尻を、ヤスさんがはたいた。

「何してんだコラ。さっさとレジに行け」

「あ、はい。すみません」

バックヤードを出れば、レジの前に立って落ち着かない様子のお客様と目が合う。

「知晶さん?」

「あ、倉井さん。おはようございます。開店前にお邪魔しちゃって、すみません」

丁寧に腰を折っておじぎした知晶さんは、僕の視線から隠れるようにうつむいた。やさしげな垂れ目の涙袋が、今朝は赤みを帯びて腫れているように見える。僕はあわてて目をそらした。

「南店長に本を?」

「はい。どうしても読みたいものがあって、こんな朝早くから探してもらってます」

リネンのワンピースにレギンスを合わせた知晶さんは、チャコールのエプロンこそ外していたものの、頭には赤いバンダナの三角巾を巻いたままだ。

「今日、お店は?」

「抜けてきちゃいました」

「え」

人手の足りなさでは〈金曜堂〉も負けていないと思うが、何もかも夫婦二人でまかなっている〈クニット〉の大変さは、客側から見てもよく伝わってくる。朝の八時過ぎといったら、いくら夏休み中で高校生が少ないとはいえ、部活のある子や勤め人達がモーニングやランチにパンを求めてひっきりなしに訪れる、忙しい時間帯のはずだった。まして今日は、夕方からはじまる野原町白夜祭りのために、イレギュラーなフィンランドのパンを焼くのではなかったか？

僕の物言いたげな視線を感じたのか、知晶さんは気まずそうにそっぽを向いたまま、頭を掻《か》く。そこでやっと三角巾をつけたままであることに気づいたのか、するりとバンダナを取った。

後ろで一つに結んでいた髪をほどいて、もう一度一つに——ただし、今度は少し高い位置で——結び直す。

髪と共に顔つきもしゅっと引き締まった気がした。〈クニット〉で働いている時も若い奥さんって感じだけど、さらに若く見える。というか、〈クニット〉の奥さんが、早生知晶という一人の女性になっていた。

僕はあわててレジに向き直って、槇乃さんの作業を引き継ぐ。栖川さんは我関せずといった調子で、喫茶スペースで開店準備を進めていた。開店前の店はしずかだ。しずかすぎた。知晶さんとの間につづく沈黙に僕が音を上げかけた時、ようやくバックヤードのドアがひらき、槇乃さんが一冊の絵本を抱えて出てくる。

「お待たせしてごめんなさい」

「いえいえ、こちらこそすみません。……ありました？」

槇乃さんは「もちろん」とにっこり笑って、抱えていた絵本を差し出した。

『さびしがりやのクニット　トーベ・ヤンソン』

筆者名に疎い僕でも、その表紙に描かれた何人かのキャラクターのうち、正面を向いている女の子のことは知っている。

ちびのミイ。『ムーミン』シリーズに出てくる女の子だ。といっても、僕は雑貨くらいでしか知らないシリーズなんだけど。

「ムーミンの絵本ですか、これ？」

「ええ。といってもムーミンは出てこなくて——」

僕らの会話はそっちのけで、知晶さんは絵本を手に取り、お代を過不足なくきっちりレジカウンターに置くと、その場でページを繰りはじめた。その速いことといったら。いくら小説より文字数がずっと少ない絵本とはいえ、肝心の絵すら味わっている様子がない。だけど、知晶さんはたしかに『さびしがりやのクニット』を読んだらしい。最後のページに来たとたん、せわしなく動いていた目が止まり、唇から言葉が漏れた。

「《……それから　ふたりは、ずっーと　いっしょに、しあわせに　くらしました……。》」

なんか声が震えているなあ、と何気なく視線を上げた僕は、そのまま凍りつく。

レジカウンターを挟んで前に立つ知晶さんの目から、涙があふれだしていたからだ。

「ひっ」とも「ふぁっ」ともいえない奇声を発した僕を押しのけ、槇乃さんがレジカウンターから身を乗り出す。

「早生さん？　知晶さん？　どうしました？」

知晶さんは「すみません」と繰り返しながら、必死で涙をこらえ、大きく息をつく。

「昨日、配達していただいた本の中に、見慣れない雑誌があって――」

あの女性ファッション誌のことだ、と僕はすぐに気づく。

「そこのフィンランド特集を読んだら、この本が紹介されていたんです」

「作者のトーベ・ヤンソンは、フィンランドのヘルシンキ生まれですもんね」

槇乃さんが細い顋に人差し指をあててにっこり笑ったが、知晶さんは心ここにあらずの顔で受け流す。

「私は絵本のタイトルに入った『クニット』の文字が気になって、すぐに読んでみなくちゃって思い詰めて、こんなに朝早くから押しかけちゃったんですけど――」

ぐっと唇を噛《か》んだ知晶さんの目からまた涙がこぼれる。

「こんなストレートなラブストーリーだなんて、ちょっと不意を突かれたというか、みぞおち直撃というか、まいっちゃいます」

知晶さんは泣きぼくろを震わせながら、僕をまっすぐ見つめ、目尻を指でぬぐった。

「倉井さんが届けてくださったあの雑誌、主人がたしかに配達を頼んだみたいです」

「あ、そうですか。誤配じゃなくてよかった——」

「誌面に、彼の昔の恋人が載っていました」

僕の「よかった」という言葉にかぶせるようにして、知晶さんの爆弾発言が飛び出す。

ちらりと僕を見上げた槙乃さんが、知晶さんに視線を移してゆっくり尋ねた。

「もしかして、特集で『さびしがりやのクニット』を紹介していたのが——？」

「はい。彼女です。『クニットのことを思うと、いつも心が揺さぶられます』というコメント付きで」

そのコメントが、知晶さんをここまで駆り立て、結果的に打ちのめしたのだろう。ふたたび涙が彼女の頬をつたう。

「二人の関係がとっくに終わっていることは、わかっています。お互い連絡先も知らないでしょう。でも、主人の心の中にはまだ彼女がいる。そして今日、この雑誌と絵本を読んで、ひょっとしたら彼女の心の中にも主人がいるかもしれないと思ったら、もう、私——」

槙乃さんはぱっとレジカウンターを飛び出し、自分の背中で知晶さんを隠すようにして、バックヤードへと押し込んだ。

「倉井くん、後を頼みます」

「あ、はい」

ガラス越しに店の外を見れば、野原駅の駅長がのんびり跨線橋を歩き過ぎるところだった。僕と目が合い、にっこり手を振ってくれる。槇乃さんは駅長が来ることにいち早く気づいて、知晶さんを駅長の視線から隠してあげたのだろう。駅長は悪い人ではないが――いや、むしろだいぶ好《い》い人だが――それとこれとは別の話ってやつだ。

開店時間が迫ってくる。僕はヤスさんもいるはずのバックヤードがどうなっているのか気になりつつも、大急ぎでレジを開け、平台《ひらだい》に新刊本を並べ、書棚を整理して、はたきをかけてと、槇乃さんの分まで忙しく動き回った。

野原駅に停《と》まる電車は、上りも下りもそう頻繁にはない。辺鄙《へんぴ》な駅なのだ。ましてこの駅を利用する乗客の大半を占めるマンモス校、野原高校の生徒達が夏休み中のため、跨線橋にある〈金曜堂〉も接客業務に関していえば、いつも以上に余裕があった。

上り電車到着と共にやって来たお客様へのレジ対応や棚の案内などがひと通り済み、店の中ががらんとした頃合いを見計らって、僕がバックヤードのドアをあけようとしたところ、ちょうどヤスさんと槇乃さんが二人揃《そろ》って出てきた。

「知晶さんは？」

「地下書庫で休んでもらっています」

「狭くて小汚いバックヤードよりは落ち着くと思ってな」

槇乃さんにつづいてヤスさんも返事をくれる。そして、解荷・検品作業で汚れないよう、シャツの胸ポケットに入れていたカラフルなネクタイを引っぱり出して、しわを伸ばしながら、また口をひらいた。

「問題は、〈クニット〉だよな。白夜祭りの書き入れ時にパンがなけりゃはじまらねぇ」

「だね」と槇乃さんもうなずき、お客様のいないバーカウンターの中で売上スリップを整理している栖川さんを見た。

「栖川くん、〈クニット〉の助っ人《すけと》に行ってくれない？」

「は？」

声をあげたのは、僕だ。栖川さんは片方の眉をかすかに上げただけで、すぐにモスグリーンのエプロンを外しだす。

「助っ人って――書店員がベーカリーの店員になるんですか？」

「はい。栖川くんなら、できるでしょう」

「そんな無茶な――」

「無茶かどうかを、おまえが決めんなコラ」

僕は背中をどやされた。つんのめりかけながら振り向くと、携帯電話を耳にあてたヤスさんが睨んでいる。

「──あ、もしもし？　〈金曜堂〉の和久《わく》だけど。ん、お疲れさん。どうだ？　忙しいか？　だよなあ。よっしゃ。今から、ウチの栖川をそっちにやるからよ。好きに使ってくれ。あ？　いつまでかなんて、俺にわかるかよ。奥さんのことは放《ほ》っておけ。いいか？　今、ダンナのあんたが動くんじゃねぇぞ。奥さんのことは放っておくんだ」

槙乃さんが横から「そっとしておく、だよ。ヤスくん」と訂正すると、ヤスさんはうるさそうに手をひらひらと振った。

「とにかく、栖川を使ってくれよ。即戦力だぞ。じゃあな」

携帯電話からはまだ先方の声がしていたが、ヤスさんはあっさり切ってしまう。そして顎をしゃくった。

「栖川、たのんだ」

栖川さんはこくりとうなずき、自動ドアをあけて出ていく。呆然《ぼうぜん》と見送るしかできない僕に、槙乃さんがにこりと笑い、エプロンのポケットから、ＰＯＰ《ポップ》などを作る時に使う葉書サイズの色画用紙を取り出した。

『喫茶臨時休業中』

ミントグリーンの色画用紙にグリーンのペンで書かれたその言葉は、色使いのせいか、妙にすがすがしい。

「倉井くん、これを喫茶スペースの方の自動ドアに貼ってきてもらえますか？」

水玉模様のマスキングテープと共に手渡され、僕はさっき背中をどやされた時にずれたままだった眼鏡を押し上げ、言われた通り自動ドアに貼ってきた。

「いいんですか？　〈金曜堂〉だって、今日は野原町白夜祭りに備えて――」

「〈金曜堂〉は野原町の本屋です。町のみんなと持ちつ持たれつでやっていくんです」

槇乃さんはきっぱり言い切ると、入口近くの平台まで歩いていく。そこは昨日、『野原町白夜祭りフェア』と銘打ってフィンランド関連本を並べたコーナーだった。

槇乃さんは迷わず一冊の雑誌を手に取ると、レジカウンターに集まっている僕らの前まで戻ってくる。

「フィンランド特集で『さびしがりやのクニット』を紹介しているのは――彼女です」

槇乃さんがひらいたページを、僕とヤスさんが両脇から覗き込む。

「なかなかの美人だ」

ヤスさんが単刀直入に言いきり、僕も眼鏡の縁をおさえて、こくこくとうなずいた。はっとする色使いの高そうな服、あちこち光っているメイク、ゴージャスな巻き髪、そしてすべてのパーツが主張する顔、百人いたら百人が「美人」と称するであろう容姿の女性が、カメラをまっすぐ見つめて微笑んでいた。ごく自然な笑顔だが、見知らぬ人間がかまえるカメラに向かって、こんなに自然な笑顔が作れるのは不自然なことだと、僕は思う。

「しかし、肩書きの多くて長い女だな。結局、何者なんだよ?」

ヤスさんのぼやきを聞いて、僕はようやくカメラ目線の美人から目を離し、その周りに並んだキャプションを読んだ。

『幣原《しではら》茉那美《まなみ》さん　フィンランド在住。ライフスタイル提唱者。北欧雑貨を扱うWebショップ〈くらしの青い森〉店主にして、雑貨スタイリスト、バイヤー、フォトグラファーなど、多方面で活躍中。日本でのワークショップも多数行っている。Instagram のフォロワー数は二万八千人!』

「これぞフリーランスって感じですね」

僕がつぶやく横で、槙乃さんはスマホを掲げて、電波状況の悪い店内のあちこちに移動していたが、ようやく「出た!」とうれしそうに僕の前まで走ってきた。

スマホの画面に映っていたのは、幣原茉那美の Instagram だ。写真を共有するSNSであるこのサイトの彼女のページは、たしかにたくさんの人が見ているらしく、「いいね!」のアクションもコメントも多かった。フォロワー数にいたっては、雑誌に載ったせいか、もう三万人を超えている。

「この女がスクルットだったら、そりゃ〈クニット〉の奥さんも気が気じゃないわな」

「すくるっと?」

僕の目をぐいと見返し、ヤスさんが首を横に振る。

「『さびしがりやのクニット』は、クニットという男子がスクルットという女子を助けるためなら、たとえ火の中水の中って話だよ。壮大なボーイ・ミーツ・ガール絵本だ。なあ、南？〈金曜日の読書会〉で読んだよな？　たしかジンの課題図書だった」

「うーん。ヤスくんの本の説明は、いつもヤスくんらしさがあふれすぎちゃうねえ」

槙乃さんは困ったように眉を寄せ、少し遠い目をした。

「幣原茉那美さんが今もなお早生邦登さんのスクルットかどうかはさておき、元恋人だという事実は、今さらどうにもならないことです」

槙乃さんの声でその言葉が放たれたことに、僕は心をぎゅっとつかまれる。思わず声がうわずった。

「どうにもならない、とは？」

「え？　文字通りの意味ですよ。過去の事実と人の心の中を、他人はどうすることもできません」

槙乃さんは遠くを見たまま、答えてくれる。その目に自分が映っていないことに、呆《あき》れるほど焦《じ》れる僕がいた。声が大きくなってしまう。

「でも、それじゃ、そんなふうに思っていたら――」

「倉井」

ヤスさんの声が飛んだ。いつもの軽口ではなく、脅し口調でもなく、冷静な大人のたしなめ方だ。だけど、僕の口は止まらない。

「今、その人を大事に思ったり心配したりしている周りの人達は、ただのでくのぼうってことになる。あんまりだよ、それじゃ」

いつのまにか敬語も取れてしまっていた。槇乃さんが不意打ちを食らった顔で僕を見るのと、ヤスさんが「ちょっと来い」と僕の首根っこをつかむのは、同時だった。

そのままヤスさんに引っ張られ、連れていかれたのは喫茶スペースのバーカウンターだ。僕に「待ってろ」と告げると、ヤスさんは栖川さん不在のカウンターの中に、ずかずか入り込んだ。そして、食器棚と酒棚の横にさりげなく並ぶ書棚から、一冊の絵本を取り出す。

バーカウンターの中にあるこの書棚の本は、喫茶スペースのお客様なら誰でも自由に読むことができるが、すべて非売品だった。

「『さびしがりやのクニット』——ここにもあったんだ」

僕のつぶやきに、ヤスさんはうなずき、カウンター越しにその絵本を突き出す。

「貸してやるから読め。〈金曜堂〉の中だったら、どこで読んだってかまわないから」

「どうして僕が？」

「どうして？　はっ。どうしてか？　んなもん、てめぇの胸に聞いてみろコラ」

ヤスさんの顔が怒気を帯びた。僕があわてて受け取ると、ふんと鼻を鳴らす。

「南に食ってかかるのは、それを読んでからにするんだな」

いじけて歪んだ恋心を見透かされ、僕はうつむいて眼鏡をいじった。ようやく頭にのぼっていた血がおりてくる。無性に恥ずかしく、二度と顔を上げられないと思ったところで、ヤスさんの声が飛んできた。

「じゃ、持ち場交代な。俺と南が店番するから、倉井は再入荷分のコミックスにシュリンクかけながら、〈クニット〉の奥さんのそばにいろ」

「わかりました」

僕は絵本を抱えたまま、逃げるようにバックヤードへ向かった。

バックヤードの入口近くに、ヤスさんが開梱《かいこん》し、検品を終えた本が山積みになっている。これを今から槇乃さんとヤスさんで手分けしてフロアに出すのだろう。それとは別に、段ボール箱の中に大量のコミックスが残っていた。ほとんどが羽海野《うみの》チカの『3月のライオン』と九井諒子《くいりょうこ》の『ダンジョン飯《めし》』の新刊だ。野原高の新学期がはじまれば、一日で入荷分すべて売り切れてしまうことだってある人気作品だ。僕はその段ボール箱の上に、借りたばかりの『さびしがりやのクニット』をそっとのせた。

ノックもなくドアがひらく。振り向くと、槇乃さんが立っていた。その顔がいつになく強《こわ》ばっているように見えて、僕は動揺してしまう。

「あ、あの、さっきは――」

と」


「これ、いっしょにどうぞ」

僕の言葉を押しのけるように差し出されたのは、例の女性ファッション誌だ。

「『さびしがりやのクニット』を読んだら、これも読んでください。すみずみまでちゃんと」

意味がわからず僕が見返すと、槇乃さんは目線を合わせてくれないまま頭を下げた。

「知晶さんを、よろしくお願いします」

そのまま背を向け、走り去るようにドアから出ていってしまう。

僕は手に残された雑誌を、のろのろと絵本の上に重ねた。棚からバカでかい懐中電灯を取り、把手のついた床にしゃがみ、床下への扉をひらく。そしていったん引き返し、絵本と雑誌の重みが加わったコミックス入り段ボール箱を腰を落として担ぎ、〈金曜堂〉地下書庫の入口となっている暗闇の中に舞い戻った。

段ボール箱の重さにうんうん唸《うな》りながら、懐中電灯の光だけが頼りの暗闇を降りていく。

細い道が曲がりくねっていたり、短い階段が断続的につづいたりと、道に迷わせてやろうという意志しか感じない構造の通路を進んで、最後に長い階段を降りると、何列も並んだ蛍光灯の明かりが灯った地下書庫に出た。いつもは階段脇のスイッチを入れて、ぱっとお目見えする書庫だが、今日は知晶さんという先客がいるので、最初からその全貌が明かりの下に見えていた。

地下ホームを改造した書庫なんて——びっくりです」

知晶さんの声がどこからか響いてきて、僕はきょろきょろする。戦前に計画され、戦争で白紙になった地下鉄用の細長いホームに、ずらりと並んだアルミ製の本棚の真ん中あたりから、ひょっこり顔が覗いた。

「どうも」と僕が頭を下げると、「どうもどうも」と照れくさそうに近づいてくる。だいぶ落ち着き、涙も止まったようで、ほっとした。

バックヤードに最新の機種を設置した際に、おろしてきたという古いシュリンク包装機の脇に段ボール箱を置くと、僕は腰をたたきながら知晶さんを振り返った。

「あの、今からちょっとここで作業しますけど、気にせずゆっくりしていてください」

「何をするんですか？」

知晶さんは僕と僕の横のものものしい機械を見比べた。

「シュリンク——コミックスにビニールをかけるんです」

「あっ、あれ？　立ち読み防止の意地悪なビニール」

「ええ、まあ、意地悪っていうか——本の保護にもなるんですよ」

僕はコミックを一冊手に取ると、専用の袋の中に入れて、機械に通す。表紙や背表紙はビニールがぴたりと吸いつくように、上部は売上スリップが抜きやすいように、仕上げられると一人前らしいが、僕はまだ全然うまくできない。それでも、知晶さんは興味深そうに見守り、「すごい」と感心してくれた。

「本屋の仕事って、楽しい？」

「ええ、まあ――といっても、僕はただのアルバイトですけど」

僕が頭を掻くと、知晶さんは涙袋をふくらませて微笑む。

「そっか。倉井さんの本業は大学生ですっけ？　竈門《かまど》にキャンパスのある――」

「はい」

「もう自分が就きたい仕事のこととか、考えてるんですか？　このまま本屋に就職？」

今まで避けてきた検討課題を思いがけなく突きつけられ、僕は落ち着きをなくした。

「あ、いや、どうでしょう？　なかなか――」

僕が眼鏡を中指で上げると、知晶さんは「まだわからないよね」と笑ってから、あわて
て顔を引き締める。

「あ、ごめんなさい。今の、倉井さんを笑ったんじゃなくて、私もかつてそういう大学生
だったなって思い出して、おかしくなっただけですから」

「――最初から、パン屋さんになりたかったわけじゃないんですか？」

「うん。パン屋なんて考えもしなかった。早起き苦手でしたし。だからって、就きたい仕
事もなくて、なんとなく商社に入ったんです。そしたら、先輩社員に主人がいました」

僕は「商社」という意外な言葉に手を止めて、知晶さんを見てしまう。頭の中で横に邦

登さんを並ばせ、二人をスーツ姿にしてみたが、今ひとつピンとこない。やはり僕にとって早生さん夫妻は、ベーカリー〈クニット〉のご主人と奥さんだった。

「主人とは部署が違ったんですけど、声が大きくて、体も大きいわりに動きがちょこまかしていて、いつも機嫌よさそうに仕事をしているから、目立つ男性社員でした。少なくとも、私は一方的に知っていました。あの先輩みたいに楽しく仕事ができたらなって、実はちょっと憧れてたの。ふふ。それで、たまたまパン教室で会って、向こうから話しかけてくれた時は……うれしかったな」

知晶さんの声がかすかに弾んだ。僕もうれしくなってうなずく。

「二人とも、好きなものが同じだったんですね」

「好きなもの――そうね。パンは好きでした。おいしいパン屋の噂《うわさ》を聞けば、休日に行ってみるくらいには。でもさっきも言った通り、私は自分がパン屋になりたいって思ったことはないんです。パン教室は、当時いくつか通っていた習い事の一つでした」

「では、パン屋さんになりたかったのは、邦登さんですか」

知晶さんはひっそりとうなずく。

「パン教室のある日は、最寄り駅までの帰り道を二人で帰れたの。主人とお喋りできるのは楽しかったんですけど、『会社を辞めて、パン屋として独立する』って聞かされた時はさすがに驚いちゃった」

知晶さんは話しながら、僕が次々と作るシュリンク済みのコミックスを手際よくまとめていってくれた。その気遣いに、商売人らしいサービス精神を感じる。

「驚きすぎて笑っちゃったんです、私。そしたら主人、私のことを『動じない女だ』と思ったみたいで――人生の次のステージにいっしょに進む相手に選んでくれました」

「おめでとうございます」

思わず言ってしまった僕に苦笑して、知晶さんは首を横に振る。

「でもね、主人があのタイミングで独立や結婚話を推し進めたのは、学生時代からの恋人と別れたことが大きなきっかけなんです。私と出会ったからじゃない」

僕は機械から出る熱で圧縮されて、コミックにしゅうっと引っ付くシュリンクを見つめる。

「でも、知晶さんは邦登さんが好きで、邦登さんも知晶さんを好きになり、プロポーズしたんですよね、知晶さんに」

「知晶さんに」をわざと大きめに言った。邦登さんの心は動き、幣原茉那美さんではなく、知晶さんを選んだのだ。それを忘れちゃいけない。過去は過去なんだ――。

けれど知晶さんはふっと息をつき、垂れ目の涙袋にまつ毛の影を落とす。

「どうでしょう？　茉那美さんに『一人でやりたいことができたから』とフラれて、落ち込んでいた主人のそばにいたのが、たまたま私だったからじゃないかしら？　当時の私にとって主人は憧れの人でしたし、私には『やりたいこと』がなかったから、主人に言われるがまま、ここまできました。パン屋をやろうと言われたら会社を辞め、店を見つけたと言われたら住み慣れた町を離れ、軌道にのせるぞと言われたら休みなしで働き――」

知晶さんは言葉を切って、僕を見た。僕は最後の一冊を手に取り、ゆっくりシュリンク包装機に入れる。

「ここにきて、主人に『やっぱり茉那美さんが忘れられない』と言われたら、それも受け入れかねない自分がいて、怖いです」

「そこは、はね除《の》けましょうよ」

僕の懇願に、知晶さんは吐息のような微笑みを漏らした。

「でも私、知ってるから。主人がどれだけ茉那美さんを好きだったか、知ってるから。まだ、ただの同僚だった頃、主人にさんざんカノジョの自慢話を聞かされましたから」

それは、きつい。僕は言葉が継げなくなる。

「大学時代、アメフトをやっていた主人が、一コ上のチアリーダーだった茉那美さんに憧れて、惚《ほ》れて、何度もアタックして、ようやく付き合ってもらえたことも、CAになった茉那美さんと釣り合う男でいたいと、がんばって、がんばって、大企業と言われる商社に入ったことも、全部知ってるから。たとえ恋人同士という関係が終わっても、主人の胸の中には彼女がいつづけているんじゃないかって、心のどこかでずっと引っかかっていたんです。それで今回、主人が茉那美さんの出ている雑誌を買ったり、茉那美さんが好きな絵本から店名をつけたりしていることがわかって、やっぱりなって、変な話、すごく納得したというか――」

知晶さんは僕から受け取った最後の一冊を、コミックスの束の上に丁寧に置いた。

そして背中を向けたまま、独り言のようにつぶやく。

「自分の好きな人の心に、忘れられない誰かが存在するって知りながら、いっしょに生活するのは、さびしくてむなしいです。実務的に、物理的に、好きな人から必要とされればされるほど、そのさびしさとむなしさが広がって、心に穴があいてしまうことがあるんです。自信も希望も、全部そこから落っこちてしまうほどの、大きな穴が」

知晶さんの背中が震えた。ひょっとしたら、また泣いてしまったのかもしれない。しばらくそっとしておこう。かくいう僕も鼻の奥が痛くなり、こっそり洟《はな》をすすった。

――だって、わかるから。知晶さんの抱えてきたさびしさやむなしさは、僕が今、進むのをためらっている道の先にあるものだ。きっと。

僕はシュリンクされたコミックスをすべて段ボール箱に戻すと、持ってきていた『さびしがりやのクニット』を手に取り、その場に腰をおろした。あぐらをかき、眼鏡をかけ直し、表紙を眺める。

真っ黒なコートを着た男の子が、みんなの輪に入れず、少し離れた位置で、背を向けている。彼がきっとクニットだろう。

僕はさっきの知晶さんほどではないけれど、それでもけっこうな速さでページをめくった。最後の一文を読み終えると、もう一度最初のページに戻って読み直す。

読書って不思議だ。どんな本でもその中に必ず、今の自分が必要としている言葉がある。あるいは逆で、人はどんな本からでも、自分に今必要な言葉を見つけられるのかもしれない。

僕は絵本をとじ、槇乃さんに言われた通り、今度は女性ファッション誌をひらく。斜め読みしそうになる目をどうにかなだめすかし、キャプション一行一行まできっちり読んだ。そして最後の最後に、服や化粧品の広告ページに埋もれた、とあるページを発見し、思わず膝を打つ。槇乃さんがなぜ僕にこの雑誌を渡してくれたか、わかったからだ。僕が『さびしがりやのクニット』を読み、どういう気持ちになって知晶さんに話しかけるかまでを予想していたのだとすれば、その慧眼《けいがん》は「さすが」の一言だった。

――『読みたい本が見つかる本屋』の店長、おそるべし。

僕は槇乃さんへの畏怖にも似た気持ちを抱いたまま、知晶さんの背中に話しかける。

「『さびしがりやのクニット』って、タイムリーにも白夜のお話なんですね」

「そうでしたっけ？」

「はい。クニットとスクルットが出会う場面で《そして、白夜の　お月さまです。》と書いてありました」

知晶さんが振り返ったので、僕は絵本を掲げてページを示した。見ひらきを使って花畑のクニットとスクルットが大きく描かれている。空は落ち着いた青だ。この絵本の色合いを代表する――そして僕にとっては北欧をイメージさせる色合いでもある――青を、作者のトーベ・ヤンソンは白夜の夜空の色に選んでいた。

「ところでこの絵本、僕はラブストーリーには読めなかったんですけど」

「どういうこと？」

「これは、心に穴のあいたクニットの物語です。その穴は、知晶さんにも僕にも、おそらく誰にでもある穴で、その穴をどう埋めるかの話に、僕は読めたんです」

《夜が　こわくて　さびし》いクニットは、誰かを必要としている。自分のさびしさや不安を解消してくれ、元気づけてくれる誰かがいればいいと願っている。その反面、はずかしくて、また、こわくて、《石の　うしろから　でようと　し》ない。そんなクニットは、どうやって心の穴を埋めたのか？

「穴を埋める運命の相手、スクルットに出会ったって話じゃないの？」

知晶さんが首をかしげて、垂れ目をしばたたかせる。高い位置で結んだ髪の先がぱさりと泣きぼくろに触れた。

僕はゆっくり首を振る。読書は自由だ。物語は読む人が自由に受け取ればいい。だけどもし、自分の読み方で苦しくなっちゃう人がいるなら、誰かが物語への新しい視点を伝えることは、おおいにアリでいいじゃないか。

「僕は、スクルットという女の子がクニットの穴を埋めてあげたわけじゃないと思います。彼女は、きっかけと結果に過ぎません。《ほかの　だれかを、なぐさめ　まもって　あげるために》クニットは行動して、その自分の行動によって心の穴が埋まったんです。自分で充足できた。だからこその《しあわせに　くらしました……。》なんじゃないかなって」

「行動――」

その言葉にはじめて触れたように、注意深くつぶやく知晶さんを見ていたら、僕の口は勝手に動いていた。

「知晶さん、幣原茉那美さんに会ってみたらどうでしょう?」

「えっ」

「僕はこの絵本を読んだら、知晶さんが邦登さんから聞いた茉那美さんのイメージに縛られて、苦しんでいるように思えてきました。まるで、魔物モランの声におびえるクニットみたいに。だったら、行動するのみです」

「主人と別れてもう何年も経《た》っている彼女に会いに行くんですか?　たとえ彼女の心の中にまだ主人がいるとしても、実際には何も後ろ暗いことはしてない人に向かって、私は何を聞けばいいんです?　何を聞いたって、きっと彼女にご迷惑よ」

「はい。だから、知晶さんは何も聞かなくていいです。彼女と会ったからって、知晶さんが無理に彼女と話す必要も、何かを伝える必要もありません。ただ、邦登さんの口から語られた姿以外の幣原茉那美さんを、知晶さん自身が知ればいい」

知晶さんは心の穴をふさぐように左手で胸をおさえ、繊細な影を宿した垂れ目で僕を見上げる。

「そんな都合のいい会合を持てるかしら？　彼女はフィンランド在住だって——」

「日本にいるんです、今——というか今日は。しかも、個人的に話さなくても、そばにいられる状態で」

僕は『フィンランド特集』と書かれたピンク色の文字が表紙に躍る雑誌の、先ほど見つけたばかりのページをひらく。そこには、雑誌が主催する『くらしのワークショップ』のお知らせが載っていた。何人かの講師の顔写真が並び、よそゆきではない、普段の生活を彩るメイク、服のコーディネート、料理、ヘアアレンジなどの各講座を受け持つと書かれている。

幣原茉那美さんは、フォトスタイリング講座を受け持っていた。

「講師と生徒——たしかにこの関係なら、一方的に眺めていても変じゃないですね」

知晶さんは考えながら言い、「でも」と眉を寄せた。

「フォトスタイリングって何です？　『カメラ等道具の持参はご自由に。貸出もあります』ってあるけど」

「さあ。小道具持参で写真を撮るのかな？　僕もおしゃれなカタカナ語は苦手です」

僕と知晶さんは顔を見合わせると、さっきまでの緊張感が解け、同時にふっと笑ってしまう。知晶さんは雑誌のページを指さした。

「ねえ、でも待って。ワークショップの日は、今日ですよ。出席できる人は『抽選で50名様』だって――」

「だいじょうぶです」

僕は雑誌社と並んで『共催』と記されている〈知《ち》海《かい》書《しょ》房《ぼう》〉の文字を指でなぞった。

「このワークショップは、全国チェーンの大型書店〈知海書房〉本店で催されるイベントなんです。だから、僕のコネが使えます」

「コネ？」

僕は軽口のつもりだった「コネ」という言葉に、存外気持ちが波立っている自分に気づきつつ、父親が〈知海書房〉の社長をしていることを、知晶さんに説明した。

「〈知海書房〉、知ってます。大学の近くにあったから、よくお世話になりました。フロアごとに売り場が整然としていて、専門書を探しやすいのよね」

「あ、どうもありがとうございます」

父さんを褒められている気がして、礼を言ってしまう。そんな僕の顔をまじまじと見つめ、知晶さんは感心したように言った。

「倉井さん、すごいですね。〈知海書房〉の御曹子《おんぞうし》なのに、セレブな感じがまったくしない」

「それ、褒められているのでしょうか？」

「ふふふ」

知晶さんの涙袋がふくふくと揺れる。僕は気を取り直し、シュリンクを終えたコミックスの詰まった段ボール箱を持ち上げる。

「そろそろ地上に戻りましょうか、知晶さん」

知晶さんはゆっくり、だけどしっかり、うなずいてくれた。

バックヤードに上がるとすぐに、僕は緊張しながら〈知海書房〉へお願いの電話をかけた。「コネ」なんて言っちゃったけど、僕の父さんはそんなに甘い経営をしていた人じゃない。どちらかといえば、仕事と家庭は切り離すタイプだった。それに、僕自身が中学高校と進むにつれ〈知海書房〉にあまり行かなくなったこともあって、僕の顔を知っている書店員は年々少なくなってきている。

だけど幸い、本店の店長は二茅《にがや》さんという、僕を幼い頃から知るベテランの女性だった。交渉するまでもなく融通を利かせてもらえて、おおいに助かったものだ。

段取りをつけてから、僕が〈金曜堂〉のみんなに知晶さんへの提案を話すと、槇乃さんは大きな目をきらきらさせて喜んだ。

「それでは倉井くん、知晶さんに付き添ってあげてくださいね」

「待てコラ。冗談じゃねぇよ。栖川に加えて倉井までいなくなったら——」と渋い顔をするヤスさんをなだめて、槇乃さんは僕にぐっと親指を突き出す。

「〈金曜堂〉の営業は問題なしです。気にせずいってらっしゃい」

「なるべく、白夜祭りまでには帰ってこいよ。夜通し営業なんだからな。なるべくな」

ヤスさんが飛び込むように口を挟んだ。僕は眼鏡を押し上げ、うなずく。

「やるべきことが終わったら、すぐ帰ります」

上り電車の発車時刻まで、知晶さんが臨時休業中の〈金曜堂〉の喫茶スペースで時間を潰していると、邦登さんの使いだという栖川さんが、〈クニット〉が白夜祭り用に作ったフィンランドのパンを何種類か持ってやってきた。槇乃さんがいつのまにか連絡していたらしい。

「差し入れ」

栖川さんの最小限の言葉と共に渡されたパンの袋を抱え、知晶さんは神妙な顔で頭を下げる。邦登さんへの言づては、まだうまく出てこないようだ。

僕はお相伴《しょうばん》にあずかったパンの袋を覗き込む。見慣れない形のパンが袋の底にきれいに並び、焼きたてのいいにおいがした。

＊

〈知海書房〉本店は神保町《じんぼうちょう》の一等地に店舗ビルを構えている。

九階建てのビルのうち、お客様が入れるのは八階までだ。ちなみに、九階は父さんの社長室をはじめとする社員専用フロアで、うっかりお客様が迷い込まないよう、直通エレベーターも店舗からは行けない場所にある。

そして、〈知海書房〉の催事場スペースが設けられているのは、八階だった。書店員が企画した朗読会や講演会も行われるけど、どちらかというと、サイン会や写真撮影会はたまた今日みたいなワークショップといった、出版社や芸能事務所の持ち込み企画に、共催として場所を提供するイベントの方が多い。

スペース正面には、雑誌のロゴが並んだ大きなパネルと、〈知海書房〉のトレードマークである海に浮かぶヨットが彫られた銅プレートが並んでいたが、それらの脇に置かれた立て黒板の、『くらしのワークショップ』というチョークの手書き文字が一番目立っていた。

中央に置かれた大きな白いテーブルの周りを囲むように、いくつかテーブルが並び、壁にそってぐるりと椅子が置かれている。会場は満員に近く、僕と知晶さんは入口にほど近い二席に、なんとか座ることができた。

僕がようやく一息つくと、待ちかねたように近づいてくる人がいる。〈知海書房〉に四半世紀近く勤めている二茅さんだった。

「お久しぶりです、史弥さん。ご立派になられて——」

勤続年数からいって四十代後半のはずだが、おしゃれな眼鏡をかけて、きちんとお化粧をした細身の二茅さんは今でも、幼い僕の手を引いて〈知海書房〉のフロアを回ってくれた「お姉さん」の雰囲気を残している。そして眼鏡の奥の理知的な瞳が、槙乃さんとはまた違った店長らしさを醸していた。

「立派じゃないです、ちっとも。そんなことより、今日はありがとうございました」

「どういたしまして。〈知海書房〉の未来を担っていただく史弥さんのためですから」

二茅さんは僕の隣の知晶さんに軽く会釈し、口角をきれいに上げて笑ってみせた。僕が本気で嫌がっていることを察したのか、すぐに話題を変える。

「幣原先生のワークショップはとりわけ人気なんです。お席をご用意できて本当によかった」

僕は壁際に座っている生徒達の顔を見回す。二十代から三十代にかけての女性ばかりだ。デジタル一眼レフを首からさげている人も多い。服や髪型に一手間かけたおしゃれな人だらけで、はっきり言って僕は浮いていた。ものすごく。

さやさやと静かな話し声しかしていなかった会場で、急にわっと歓声があがる。見れば、講師の幣原茉那美さんが正面の壇上に向かって歩いていくところだった。

雑誌で見るよりずっと自然で、雑誌で見るのと同じくらいきれいな人だ。会場の女性達からもどよめきが漏れている。知晶さんも小さく息を吸いこんだきり、まばたきもせずに見つめていた。

壇上の茉那美さんは、まず受講者や関係者への感謝の言葉を優雅に述べると、後はくだけた口調になって、フォトスタイリングのコツを機関銃のように喋りまくった。

「ごめんなさい。私、早口でしょう？　顔と喋り方が合ってないって、よく言われます。CA時代に習得した模範的な話し方もできますが、これくらいくだけた方が実作業の時間をたくさん取れるので、ワークショップはいつもこんな感じです。ちなみに私生活のお喋りは、この三倍速いです。聞き取れなかったら、遠慮なく言ってくださいね。何度でも繰り返しますから」

その快活な口調で、随所に笑いを起こす。雑誌に載った写真や文章になった言葉からは想像できない茉那美さんの気さくな一面に、僕は好感を抱いた。

茉那美さんは言葉通り説明を早々に終わらせ、真ん中の大きな白いテーブルで実践に入る。参加者はこれを楽しみに来ているのだろう。我先にと椅子から立ち上がった。その熱気におされ、僕と知晶さんもあわてて移動する。

「まずはライティングいきます。写真は、光がすべてなんです。光を探すことに時間をかけてください。ご自宅でもね、一番いい光が入る場所を知っておくといいですよ」

「スタイリングは引き算が大事。たとえばこのスタイリングの場合、テーブルとお皿とテーブルクロスとスイーツ、全部すてきですよね。いい物が揃ってる——なんて自画自賛したいところですけど、全部あったらうるさいんです」

茉那美さんは相変わらず速いテンポのお喋りをつづけながら、白いテーブルの上でいくつもの雑貨や食べ物を、縦にしたり横にしたり重ねてみたりする。そのたび、雑誌に載っているような構図ができあがり、参加者から熱いため息が漏れた。

まずは茉那美さんがセッティングしてくれたものを、みんなが茉那美さんと同じ角度から撮る。その後グループに分かれて、参加者が個人的に撮りたいものを、茉那美さんの教えを応用しながらそれぞれ撮ることになった。茉那美さんが用意してくれたという、北欧の雑貨や食器やスイーツといった小道具は使い放題らしい。

各テーブルでたちまち歓声や楽しげな笑い声があがり、ワークショップらしい場となった。僕と知晶さんは顔を見合わせる。

「せっかくだから、私達も何か撮りましょうか」

「そうですね。でも何を——」

周りを見回す僕の前で、知晶さんは〈クニット〉のパンの入った袋を取り出した。

「実は私、前からちょっと思ってたんですよね。店のホームページに載せるパンの写真を、よりおいしそうに、おしゃれに、かっこよく撮りたいなあって」

知晶さんは時間をかけ、何度もやり直しながら、パンを深いブルーの皿に盛りつける。そして茉那美さんのやり方を真似《まね》て、脚立《きゃたつ》に上がって真上から撮っていると、各テーブルをまわっていた茉那美さんが、ちょうどやって来た。

「あ！　カルヤランピーラッカ。それにルイスレイパとコルヴァプースティも。すごいわ。全部フィンランドのパンね」

茉那美さんの親しみを込めた笑顔に、知晶さんがどぎまぎとうなずくのが見える。

「あ、はい。そうです。フィンランドのパンです。名前は知らなかったけど」

「これ、あなたのお手製？」

一瞬、間ができる。知晶さんの涙袋に影が落ちかけ、しかしすぐに消えた。知晶さんは顎をぐっと引いて、茉那美さんを見つめる。

「いいえ。夫です。パン職人なんです。今日は地元のお祭りがあるので、特別なパンを焼きました」

「すばらしい」

小さく拍手してくれる茉那美さんに、知晶さんは自然と笑顔を作った。茉那美さんは

「ちょっとお待ちになって」と早口で言うと、催事場の外に走っていき、木製のぶあついまな板を持って、せかせかと戻ってくる。

「これ、私物なんだけど。そのパン、この上にものせてみましょうよ。アンダーフォトにしたら映えるわ、きっと」

「アンダー？」

「あ、ごめんなさい。このワークショップでは紹介していない技法でした。露出補正で背景を暗くして、被写体を浮かび上がらせる写真のことです。せっかくだから、ナイショで試してみましょうか。ねっ」

いたずらっぽく微笑みかける茉那美さんに、知晶さんが「よろしくお願いします」と頭を下げる。

こうして、〈クニット〉のパンは、茉那美さんの手を借りた完璧なフォトスタイリングを経て、よりおいしそうに、おしゃれでかっこいい写真になったのだった。

ワークショップが終わると、カメラを持ってこなかった参加者達にも、それぞれ茉那美さんが撮った写真と自分が撮った写真のデータがプレゼントされた。どう使おうと自由だという。

ワークショップ後の茉那美さんへの質疑応答も済んで、参加者達が大満足の表情で出ていく中、知晶さんはまっすぐ茉那美さんの元へと向かった。一度だけ僕を振り返ったが、その顔に曇りはない。ほんわかした印象の垂れ目も、妙に凛々《りり》しかった。出版社の人達と歓談している茉那美さんに、臆することなく声をかける。僕は一歩退いて見守った。

「今日はありがとうございました。パンのいい写真が撮れました」

「いえいえ。被写体がよかったんですよ。どのパンも、とてもおいしそうだったもの。フィンランドが恋しくなりました」

茉那美さんが屈託なく笑う。大きな口からきれいな並びの白い歯がこぼれて、その華やかさに圧倒されてしまった。この笑顔が自分だけに向いたら、と願う男性は少なくないだろう。邦登さんが恋い焦がれたのも、よくわかる。

知晶さんも茉那美さんの笑顔がまぶしいのか、何度かまばたきをした。そしておもむろにパンの入った袋を取り出す。

「よかったら、どうぞ。撮影で使ったものとは別のパンですから、衛生面も安心です」

「まあ。いいんですか？」

知晶さんがうなずくと、茉那美さんは子供のように手をあげて「わーい」と喜んだ。

「何てお店なんですか？」

「〈クニット〉」

知晶さんがゆっくり答える。茉那美さんは「あ」と顔をほころばせた。

「私、『さびしがりやのクニット』って絵本、大好きなんですよ」

うん、知ってる。知晶さんと同時に、僕もうなずいてしまう。

知晶さんは思い切ったように顔を上げて、茉那美さんに尋ねた。

「あの——教えてください。その絵本のどういうところが好きなんですか」

「クニットのがんばり、かしら。自分を見ているようで、勇気が出るんです」

茉那美さんの答えは早かった。含むところなど何もなく、朗らかに言い放つ。

知晶さんの垂れ目がみひらかれ、楕円《だえん》を描いた。

「幣原さんが？　あなた自身が、クニット？」

「おかしいかしら？　私、こう見えて、実はすごく臆病なんですよ」

茉那美さんはいたずらっぽく声をひそめたが、その目は真剣だった。

「自分で言うのもおこがましいけど、昔から完璧な人間に見られがちでね。本当の私は全然そんなタイプじゃないのに、他人が抱くイメージ通りの自分でいようと、ずっとびくびくしていました。がっかりさせちゃいけない、無難に接しなきゃいけない、と学校も就職先も、みんなが期待している道を選んだりして。家族や恋人にすら本心や本来の自分を見せられないことに、ほとほと嫌気がさしたものです。そして気づいたらある日、心にぽっかり穴があいていました」

「穴？」と知晶さんがうわずった声で聞き返す。

「ええ、穴です。とても大きな穴。その穴を埋めるために、私はクニットに倣《なら》って一人で旅に出ました。誰の目も気にせずに、自分が心からやりたいと思うことを見つけるまで、旅しちゃいました。それで、ようやく他人の目を気にしなくなった頃、出会ったんです、私のスクルット——フィンランドに」

茉那美さんが早口で話す「クニット」のストーリーに、昔の恋人である邦登さんの影は一ミリだって見つけられなかった。それは、知晶さんもよくわかったはずだ。茉那美さんの打ち明け話の途中から、知晶さんの口はぽかんとあきっぱなしだったが、ようやく我に返ったように、気をつけの姿勢を取る。

「スクルットが見つかって、よかったですね。本当に。今日はありがとうございました」

「こちらこそ。パン、ごちそうさま」

茉那美さんが無邪気に差し出した手を、知晶さんもためらいなく握りかえす。

知晶さんの旅もまた終わろうとしているのが、僕にはわかった。

一足早く催事場の外に出て、知晶さんを待っていると、どこからともなくまた二茅さんが寄ってくる。

「社長の具合は、だいぶお悪いのですか?」

単刀直入に聞かれた。おしゃれな眼鏡の奥の目が据わっていた。僕は一瞬詰めた息を、なるべく自然に吐き出す。

僕の父さんはなかなかに厄介な病気を患い、もう半年以上入院していた。その容態は一進一退で、快復に向かっているとはちょっと言えない状況だ。僕も折を見ては見舞っているが、会うたび痩せていく父さんと笑顔で話すことにエネルギーを傾けすぎて、病室を出るといつもぐったり疲れきった。

「元気ですよ」

慎重に答える僕に、二茅さんは「本当のことを教えてください」と詰め寄る。

「本当に元気ですよ。よく笑っています」

僕はともすれば泳ぎそうになる目で二茅さんをとらえ、繰り返した。父さんは社員の心を——ひいては会社を——揺らがせたくないと考え、病名も病状も非公開を望んでいるから、そう言うしかない。それに、「よく笑ってい」るのは事実だった。どんなにつらくても、父さんは笑う。そういう人なのだ。

二茅さんは少し潤んだ瞳で僕の目をじっと見返していたが、やがてあきらめたように息をついた。その痩せた肩と一度も指輪をはめたことのない左手の薬指を見ていたら、父さんのことを聞き出したいばかりに、今日の僕の無理をきいてくれた気がしてくる。ずっと昔——父さんが今の妻である沙織《さおり》さんと三回目の結婚をするずっと前——からなんとなく感じていた、二茅さんの父さんへの思いが伝わってきて、僕はやるせなくうつむいた。

「お元気なら、いいんです。社長が会社に戻ってこられる日を、社員一同、心からお待ちしておりますとお伝えください」

二茅さんはそう言って、僕に深々と頭を下げる。僕もあわてて頭を下げ返した。

「伝えます、必ず」

父さんと二人きりの時に伝えよう。そしてその時は「社員一同」は省こうと決める。

＊

僕と知晶さんが野原駅に戻ってきたのは、長い夏の日もとっぷり沈んだ後だった。

「明るい」

ホームに降りたってすぐ、僕は思わずうなってしまう。日が沈んでいるのに、夜空が明るいのだ。

「でしょう? 店や民家の明かりが全部つけば、意外と白夜っぽいんです。私もここに越してきた最初の年は、驚きました」

知晶さんが涙袋を揺らして笑った。それからもぞもぞと体をひねり、頭を下げる。

「倉井さん、あの——本当にありがとうございました」

「やめてください。僕、そんな大層なことしてませんから」

「いいえ。倉井さんの『さびしがりやのクニット』の読み方に、私は救われました」

「そんなそんな――」

僕があわてふためいて両手をばたつかせていると、「知晶」と呼ぶ声がする。

知晶さんと同時に声のした方を見ると、白いコックコート姿の邦登さんが跨線橋からの階段を降りてくるところだった。僕が〈金曜堂〉に入れた帰るコールは、たちどころに〈クニット〉にも伝わったのだろう。邦登さんの後ろから、槙乃さんがにこにこ笑ってついてくる。槙乃さんはなぜか髪をアップにした浴衣《ゆかた》姿で、すごく、ものすごく、かわいかったのだけど、僕はひとまずスルーした。

邦登さんは知晶さんの前まで走ってくると、何度も汗をぬぐい、大きな背を丸める。

「店は？」と知晶さんが心配そうに尋ねると、息を切らしたまま手を振った。

「栖川さんが見てくれている。もうすぐ役場の花火が上がる時刻だから、みんなそっちに行ってて、お客さんもいないんだ」

「そっか」

沈黙が落ちる。邦登さんがぼりぼりと頭を掻いた。

「あの、お、おかえり」

「――遅くなってすみません」

知晶さんは、邦登さんの鼻の頭にうかんだ汗を見上げ、小さな声で詫《わ》びる。

「いいんだ。遅くなったくらい、全然構わない。それよりあの雑誌のこと――ごめん。本当にただ懐かしかっただけで、その、特別な感情とかそういうんではなくて――」

汗を噴き出しながら懸命に説明を試みる邦登さんを、知晶さんはじっと見つめた。

「あと、店名の〈クニット〉は俺の名前の〈邦登〉をもじっただけだ。誤解しな――」

「邦登」

「はい」

「私ね、パン屋の仕事が好きだよ。野原町も気に入ってる」

知晶さんの唐突な宣言に面食らったのか、邦登さんは目を丸くして「はい」と丁寧にうなずく。

「邦登のペースに巻き込まれてここまで来ちゃったのは事実だけど、苦ではなかった。毎日忙しすぎて気づいてなかったけど、私、けっこうこの生活を楽しんでるみたい」

知晶さんが微笑むと垂れ目がさらに下がり、ますますやさしげな雰囲気になった。救われたように力を抜いた邦登さんに、知晶さんは帰りに東京駅の近くでプリントしてきた写真を手渡す。

「この写真――」

「すごいでしょう？　ウチのパン、おいしそうでしょう？　幣原茉那美さんにフォトスタイリングを習ってきたんだ。すごくいい先生だった。昔、あなたから自慢された時に想像したのより、ずっと、ずっと、すてきな女性だった。でも、それだけ」

ごくり、と邦登さんの喉が鳴る。僕のところまで、はっきり聞こえた。

「幣原茉那美さんのことを、私が怖がったり怯《おび》えたりする必要はないって、今日、本人と会ってみてよくわかった。怖い魔物のモランは、茉那美さんじゃなくて、いろいろなものをはっきり見ようとしない私の心だったから。それがわかって、本当によかった」

知晶さんはすがすがしく笑う。

「邦登の気持ちはわからない。私は邦登じゃないから。でもね、私は邦登が好きです。あなたと野原町でパンを作りつづけることに、私は喜びを感じます。それで十分だと――いや、違うな――私の心の穴を満たせるのは、その気持ちしかないと思うので」

言葉を切ると、知晶さんはすっと息を吸い込んで一気に言った。

「ただいま、邦登」

ドドンとお腹の底を揺るがす音がする。ホームから空を見上げれば、白夜祭りのための役場の打ち上げ花火がはじまったらしい。さほど大きくはないが、黄金《こがね》色にかがやく、太陽のような花火が上がっていた。

店が気になる早生夫婦は、野原町役場渾身《こんしん》の打ち上げ花火をホームから二、三発見上げただけで、あわただしく帰ってしまった。

残された僕は槙乃さんを正面から見つめる。白地の浴衣姿をよく見たいと、無意識に眼鏡をかけ直してしまった。そして、かたまる。

「南店長、その浴衣――」

涼しげな白地の浴衣に、ちょうど『さびしがりやのクニット』で白夜の空に使われたような落ち着いた青で模様が入っていると思っていたが、近づいて見ると模様ではなく文字だった。『金曜堂』と何のひねりもなく書き殴られていたのだ。

その残念な――としか言いようのない――浴衣の袖をぎゅっと引っ張り、槇乃さんは得意そうにまわってみせる。

「白夜祭り専用〈金曜堂〉スペシャル浴衣です。私がデザインして作ってもらったんですよ。仕上がりが昨晩ギリギリだったので、仕事を早退するはめになりましたが」

はからずも昨日の早退理由がわかった。槇乃さんは「みんなの分もあるので着てくださいね、スペシャル浴衣」などと恐ろしいことを、にっこり笑って言う。

ひときわ大きな音を立てて上がった花火を、僕と槇乃さんは同じタイミングで見上げた。顔を夜空に向けたまま、僕は切り出す。

「南店長、今朝はひどい言い方をしてすみませんでした」

槇乃さんの表情はわからない。僕はつづけて言った。

「『さびしがりやのクニット』を読んで、知晶さんに付き添って、僕もようやく思い知りました。過去の事実と人の心の中を、他人はどうすることもできないって。南店長の言う通りでした」

「倉井くん――」

少しかすれたような槙乃さんの声に、僕は「はい」と答えながら視線を下げる。

「それで、南店長がその言葉に込めた裏の意味もわかったつもりです。人は他人の心は動かせないけど、自分の心の穴を自分で埋めることはできる。そんな自分と接した他人が、自身の心を動かすことはあるかもしれない――南店長はそう言いたかったのでは？」

思い出したように花火がまた上がった。しだれ柳のように光が流れる。

ほつれ毛がはりついた頰を花火の金色に染めて、槙乃さんが僕に一歩近づいた。

「倉井くん、『さびしがりやのクニット』の原題を知ってますか？」

槙乃さんはその大きな目で僕をじっと見つめる。潤んでいるのか、やけに瞳がかがやいて見えた。

「いえ、知りません」

「絵本の最後の真っ白なページの下に、小さく書かれているんですよ。

《Vem Ska Trösta Knyttet?》

日本語にすると、〝クニットをなぐさめるのは、だあれ？〟みたいなニュアンスかと」

「そうなんですか」

「そうなんです。〈金曜日の読書会〉で『さびしがりやのクニット』が課題図書になった時、この原題に目をつけたのが、五十貝くんでした」

槇乃さんは、一瞬で凍りついた僕の肩のずっと先の方に視線を投げる。

「それで彼、『これは、自分で自分の心を満たす大事さを説いた絵本だ。ただのボーイ・ミーツ・ガール物語じゃないと思う』って力説しちゃって」

「南店長は僕が――ジンさんと同じような読み方をすると踏んでいたんですか?」

乾いた声で尋ねると、槇乃さんは首を横に振った。

「祈っていたんです、そう読んでほしいと。知晶さんを救うために」

祈りは通じました、と槇乃さんはにっこり笑う。

槇乃さんの心に、ジンさんがまだ生きていること。生々しい悲しみがまだあふれていること。その事実をどうにかしようなんて思ってはいけないのだ、と僕は自分に言い聞かせる。問題は、僕が僕の心をどうするのか? 恐れてばかりいられない。

――行動して、ちゃんと見て、知ろう。知晶さんが今日、やってみせたように。

空には花火が上がりつづける。こんな時に――こんな時だからか――途切れなく次々と上がっては咲きほこる。どれもこれも泣きたいほど美しかった。

僕は行ったことのない遠い国の、見たことのない白夜を思う。『さびしがりやのクニット』の一文がすぐに浮かんできた。

《まほうに　かかったような、ふしぎな　気もちの　する、とびっきり　うつくしい　夏

の夜でした。》

僕は自分の弱い心に、白夜の魔法がかかりつづけることを願わずにはいられない。

「戻りましょうか」

ささやくように言った槙乃さんにうなずき、僕は並んで歩きだす。跨線橋の手前まで来て、やっと思い切って口をひらくことができた。

「ジンさんが亡くなったのって、ずいぶん急なことだったんですか？　本人や周りの人達に心の準備期間とか、そういうのもなく？」

「ないですね。急でした、とても」

槙乃さんは落ち着いた口調で答え、微笑む。花火がちょうど止《や》み、槙乃さんの顔が夜の影で覆われる。ふっくらした唇が動く気配がして、何らかの音が出た。

その音が本当に聞こえなかったのか、聞こえたけれど頭で処理できなかったのか、僕はいまだにわからない。

僕の顔をいったん見て、槙乃さんは目を伏せる。そのまま顔を僕の耳に近づけた。

「殺されたんです」

今度ははっきり聞こえる。伝わる。だけど、意味がまだわからない。

野原高の卒業アルバムで見たジンさんの人好きのする笑顔と「殺された」という言葉が、どうしても結びつかず、意味をなさなかった。まして、僕がほぼ毎日接している〈金曜堂〉のみんなからは、一番遠い場所にある言葉にも思えた。

「は?」

僕の声は震えていたと思う。だけど、槇乃さんは顔の大半を夜の影で覆ったまま、淡々とつづけた。

「五十貝くんは殺されました。それも二度」

花火の合間の夜の黒がどんどん濃さを増す中、槇乃さんは僕を追い抜かし、先に跨線橋への階段をのぼっていく。からげた浴衣の裾から、足首がやけに白く浮かび上がる。その白は、この世のすべてをはねつけるように光っていた。

第3話

夏は短し励めよ読書

枝豆を練り込んだ塩パンを食べながら、僕は知らぬ間にため息をついていたようだ。

「豆塩パン、お口に合いませんか？」

おずおずと声がかかり、あわてて振り向く。ベーカリー〈クニット〉の奥さん、知晶さんが飲み物をのせたトレイを持って立っていた。髪をまとめ、その上から赤いバンダナを三角巾代わりに巻いた知晶さんは、垂れた目尻をますます下げて、今日もはかなげだ。

「いやいや。実においしいです」

「じゃあ、悩み事ですね」

コルクのコースターの上にグラスを置きながら、知晶さんはしずかに、だけどはっきり断定した。

僕は喉に詰まりかけた夏季限定のパンをプラムソーダで流し込み、かぶりを振る。

「違います」

「そういうお年頃ですよね、倉井さん。ふふふ」

「いや、『ふふふ』じゃなくて――」

ふふふふふ、と泣きぼくろを震わせて笑いつづける知晶さんに手を焼き、僕は窓際のカウンターから上体をひねって、強引に話題を変えた。

「写真関連の本が、だいぶ増えましたね」

眼鏡を押し上げたついでに、レジの横にある書棚を指す。〈クニット〉の内装に合った、あたたかみのある木の本棚には、従来の絵本や児童向けの雑誌に加えて、料理やテーブルコーディネートを撮った写真集が着々と増えてきていた。さっきも、新たに写真集を二冊ほど、僕が休憩がてら〈金曜堂〉から配達してきたばかりだ。

知晶さんは二週間ほど前、ひょんなきっかけで僕といっしょにフォトスタイリング講座に出席した。その時、いろいろなことがうまくいったせいか、ハマってしまったらしい。

「今、主人が毎晩、秋の限定商品を考えているんです。新しいパンの写真もホームページにアップしたいから、かっこいい撮り方を研究しとかなくちゃ」

「夫唱婦随《ふしょうふずい》、ってやつですね」

僕が最近読んだ本で覚えたばかりの言葉を使うと、知晶さんはトレイを両手で抱き、はにかんだように笑った。

知晶さんがレジの向こうに帰っていくのをたしかめてから、また窓の方へと向き直る。

「悩み事」という知晶さんの指摘は、実のところ正しかった。

——五十貝くんは殺されました。それも二度。

フォトスタイリング講座と同じ日に催された、野原町白夜《びゃくや》祭りの夜以来、僕の耳には槙乃さんのこの言葉がこびりついて離れない。

さんざん悩んだ――正直言うと、怖くて躊躇《ちゅうちょ》した――末に、ネットで『五十貝迅』というフルネームを検索してみたのが、今週の月曜日だ。

ずらりと並んだ結果を片端から読んでいき、挙げ句、僕は熱を出した。さいわい熱は一晩で下がったものの、脂汗を大量に搔《か》き、悪夢をたくさん見た。

結局、あの白夜祭りの夜、花火の合間の闇と静寂の中で放たれた槙乃さんの言葉の意味するところは、本人の口から聞かなきゃいけなかったのだ。裏からこそこそ嗅ぎ回るようなこと、やめておけばよかったと思っている。今、つくづく後悔している。〈金曜堂〉にバイトに来るたび、槙乃さんやヤスさんや栖川さんと話すたび、ネットの海に躍っていた言葉がよみがえってくるのは、本当に苦しい。

「ちょいと失礼」

登山用のキャップをかぶった老人が、僕の横にトレイを置く。トレイには、一口あんパンと紙パックの牛乳がのっていた。〈クニット〉はいつだって地元の老若男女で賑《にぎ》わっている。お世辞にも広いとは言えない店内の小さなカウンターで長居はできない。僕は会釈を返して、プラムソーダを一息に飲み干した。そろそろ休憩も終わりだ。

立ち去り際、老人が広げた日刊ホットの大見出しが目に飛び込んできた。

『大谷《おおたに》元官房長官、逮捕秒読みか』

まだ逮捕できないのか？　というのが、正直な感想だった。梅雨《つゆ》の頃にこの日刊ホットが刑事告発をすっぱ抜いてから、テレビや新聞や雑誌、そしてネット上にその名前を見ない日はないが、本人は極秘入院だか何だかで雲隠れしたままだ。うやむやにして逃げるつもりに思えてならない。アニメやドラマに出てくるステロタイプの老執事みたいな外見から、「ジイ」と呼んで親しんでいたネット住人達も、最近は掌《てのひら》を返したように冷淡に叩《たた》いていた。

僕はその見出しに目を留めすぎたらしい。老人が顔を上げる。キャップのつばを持ち上げ、僕と日刊ホットの一面を交互に見た後、くしゃっと顔を歪《ゆが》めてうなずいた。

「ああ。正矩《まさのり》のやつ、ついにお縄になりそうだとよ。秘書給与の不正受給や何やと疑惑ばかり増えちまって——逮捕されるかどうかは物証次第らしいが、情けねぇやな」

「まさのり？」

「ん。正矩とは小、中と同級生なんだ。頭が良くて、足が速くて、野球もうまくて、すらっと背が高くて、男前でよ、いつも本を読んでたな。小、中学生頃のあいつは——いや、先生さまになってからだって——野原町で暮らす俺らのヒーローだった」

老人は首を振り振り残念そうに言うと、あんパンを齧《かじ》った。

そういえば、大谷正矩の政治家としてのスタートは生まれ育ったここ、野原町の町議会議員だったと思い出す。いまだに名前で呼んでくれる地元の同級生がいることを、彼は知っているんだろうか。

キャップの老人が紙面をめくったのを機に、僕は〈クニット〉を出た。

休憩から戻った僕が、エプロンをつけてフロアに出ると、下り電車からおりた何人かの乗客がそのまま〈金曜堂〉のお客様になっていた。〈金曜堂〉は、大和北旅客鉄道蝶林本線の停車駅、野原駅にある小さな駅ナカ書店なのだ。

思い思いの本を物色しているお客様達の中で、僕がその年配女性に目を留めたのは、単純に一番目立っていたからだと思う。パープルとしかいいようのない色に染めたボブカットの髪が鮮やかで、目が勝手に吸い寄せられてしまった。

次の瞬間、レジの方を向いた彼女と目が合う。小さな顔に大きなトンボ眼鏡がよく似合って、ファンキーだ。僕がとっさに会釈すると、ひらひらと手招きされた。

「すみません、お兄さん。ちょっといいかしら？」

僕は「はい」となるべく元気よく答えて、レジカウンターから出ていく。

僕が横に立つと、女性客はトンボ眼鏡の縁を持ち、僕を下から上につらっと眺めて微笑《ほほえ》んだ。おちょぼ口のまわりに、年相応の細かい皺《しわ》が寄る。

「買いたい本が見つからないの」

「タイトルや著者名は、おわかりになりますか？」

「さあ。それが――」

小首をかしげると、パープルのボブカットの毛束が頬にかかった。

僕は腰に手をあて、ぐるりとフロアを見渡す。店長の槇乃さんは今、バックヤードで発注作業の真っ最中だ。残りの書店員とオーナーは、書棚スペースの向こう側の喫茶スペースにいた。レトロなオレンジ色のランプシェードがさがったバーカウンターの中で、すらりとした立ち姿を見せているのが栖川さん、向かいのスツールに腰をおろして文庫本を読んでいる金髪角刈りがオーナーのヤスさんだ。

一瞬だけ栖川さんと目が合ったが、カウンターから出てきてくれる気配はなかった。客応対を特に苦手とするアルバイトへのあたたかくも厳しい指導、といったところか。

僕は観念して、槇乃さんだったらこういう時どうするかを思い出しながら、喋《しゃべ》る。

「では、えっと、お客様がその本について知っていることを教えてください。どんなことでもいいので」

「どんなことでも？」とトンボ眼鏡の奥の目がみひらかれる。

「あ、はい。新聞や中吊《なかづ》り広告で見た時期でも、有名人のどなたがおすすめしていたかでも、表紙の色でも、登場人物の名前でも、起こる事件の内容でも、どんなことでも。探す時のヒントになります」

僕が槇乃さんの受け売りを口にすると、パープル髪の女性客は深くうなずいた。

「さすが書店員さん。本のプロね」

「じゃ、言うわ。それは、物語の中で実在の本のタイトルがいくつか出てくる小説なの。出てくるタイトルは、『失われた世界』と『モンテ・クリスト伯』と、あとは――」

女性客は天井を睨《にら》み、うーんうーんと唸《うな》っていたが、やがてしょんぼり肩を落とす。

「ごめんなさいね。本当はもっとたくさんの本が出てくるのだけど、忘れちゃった」

「だいじょうぶですよ。二冊でも十分ヒントです」

と言いつつ、その二冊のタイトルも初耳だった僕は、エプロンのポケットから取り出したメモ帳に焦って書き留めた。

僕の手元を見つめていた女性客が眉を上げ、ぱしんと手を打ち鳴らす。

「あ、そうそう。《本はみんなつながっている》ってフレーズが出てきたわ」

「はあ。つながっている――」

まいった。僕の頭の中では、まったく何もつながらない。暑さとは関係のない汗がどっと噴き出し、眼鏡がずれた。僕は「少々お待ちください」と断って、バックヤードのドアをあける。

バックヤードでは、槇乃さんがちょうど発注の電話を終えるところだった。

「はい。取次《とりつぎ》への搬入日は九月一日ですね。承知しました。あ、お名前をお伺いしてもよろしいでしょうか？　――はい。では、後藤さま、よろしくお願い致します」

「え、いや、そんな――」

壁に向かって深々と頭を下げて電話を切ると、槇乃さんはパイプ椅子に腰掛けたまま僕を振り仰ぐ。

「どうかしました、倉井くん？」

僕はなるべく手短に事情を説明し、女性客のあげた本のタイトルと作中のフレーズを書き留めたメモ帳を見せた。

「『失われた世界』、『モンテ・クリスト伯』、《本はみんなつながっている》――」

槇乃さんは髪をくるくると指に巻きつけながら考えていたが、やがて、その表情がぱっと明るくなる。髪から指を引き抜き、立ち上がった。

「その本なら、フロアの書棚に入ってますよ」

バックヤードを颯爽《さっそう》と出ていく槇乃さんの背中を、僕はあわてて追いかける。

女性客は待ちくたびれたのか、バーカウンターの方へと移動していた。

他の客がいないため、ヤスさんと栖川さんを独り占めしてあれこれ話しかけている。

目的の本を確保した槇乃さんと僕が近づいていくと、ヤスさんが奥まった目をぎろりと剝《む》いて「見つかったんか？」と尋ねてきた。女性客から事情を聞いたのだろう。

「はい」と僕がうなずくと、槇乃さんがくだんの本を片手に持ったまま胸の前で両腕を交差させ、次の瞬間、水平にばっとひらいて朗らかに叫ぶ。

「大変お待たせしました、お客様。〈金曜堂〉へようこそーっ」

本屋にしては大仰な槇乃さんの挨拶は、たいていのお客様に驚かれる。パープル髪の女性客も例外ではなく、トンボ眼鏡の縁に手を添えて、まじまじと槇乃さんを見た。

「あなたが──店長さん？」

「はい。店長の南です」

槇乃さんはモスグリーンのエプロンにつけた名札を見せ、腰を屈《かが》めると「どうぞ」とうやうやしく文庫本を差し出す。

「そうか！『夜は短し歩けよ乙女』か！」

ヤスさんが膝を打ち、栖川さんもちょっと悔しそうに唇を噛《か》んだ。二人も僕と同じヒントを女性客から与えられたが、タイトルを導きだすところにまで至らなかったのだろう。

「京都のアホ男子学生の恋バナって言ってくれりゃ、一発でわかったのによお」

「それはあくまで、ヤスくんの読み方でしょ」

悔しそうなヤスさんを、槇乃さんがたしなめた。

かくいう僕も、槇乃さんが書棚から抜き取った本の表紙を見て「あっ」と声が出た口だ。キャッチーなタイトルとキュートな女の子が描かれた表紙は、レジで何度も目にしたことがある。そのたび、今度読んでみようと思っていた本だった。

「ああ、そうそう。これよ。家に単行本があるんだけど、持ち歩きしやすい文庫本も欲しくなって買いに来たの。なのに、タイトルをど忘れしちゃって――年を取るって、やあね」

パープル髪の女性客は苦笑しながら、文庫本をそっと手に取った。

「ヒントになった本達が出てくるシーンって、どのへんでしたっけ？」

槙乃さんが尋ねると、女性客はぱらぱらとページをめくり、すぐに見せてくれる。

《「父上が昔、僕に言ったよ。こうして一冊の本を引き上げると、古本市がまるで大きな城のように宙に浮かぶだろうと。本はみんなつながっている」》

そんなセリフで始まり、実際にシャーロック・ホームズ全集から、さまざまな本のタイトルを順番にめぐって、最後は織田作之助《おださくのすけ》全集の端本《はほん》に至るまでの作品あるいは著者のつながりを、古本市の片隅で一気に解説してくれる場面は、本好きの読者の胸をわしづかみにすること請け合いの名シーンだった。読書家でなく、この本もまだ読んでいない僕ですら、作中でいうところの《本たちがつながりあって作り出す海》にロマンを感じて、胸がどきどきしたほどだ。

――この本、ぜったい今日買って帰ろう。

僕が決意しているそばで、槙乃さんがにっこり笑った。

「森見登美彦《もりみとみひこ》さんの本が、お好きなんですか？」

「ええ、とても。全部読んでいるわけではないのだけれど、『太陽の塔』『四畳半神話大系』『ペンギン・ハイウェイ』『恋文の技術』あたりは何度も読み返したわ。あ、もちろんこちらの『夜は短し歩けよ乙女』もね」

女性客がすらすらとタイトルをあげている最中に、書棚スペース側の自動ドアがあき、お客様が入ってくる。

「では、ごゆっくり」ときびすを返して仕事に戻ろうとする槇乃さんに、女性客が声をかけた。

「あ！　あの——もう一冊見つけてほしい本があるのだけど」

「はい。タイトルはおわかりになりますか？」

女性客は切り揃《そろ》えたボブカットを両手でおさえながら、かぶりを振る。

「わからないの、何も。ヒントはただ一つ、私を楽にしてくれる本」

思わず顔を見合わせる僕らに、女性客はおちょぼ口のまま微笑んだ。

「ここは『読みたい本が見つかる本屋』だって、主人から聞いたわ。探していただけるかしら？」

栖川さんとヤスさんが目配せして首を振るのを制して、槇乃さんは一歩前に出る。

「もちろんお探しします。まずお客様のお話を伺う必要がありますが、今日はかなり忙しくて就業中はどうしても——」

「あなた達がよければ、私は閉店後でかまわないわ」

「でも、それだと電車が――」

「電車がなければ、タクシーを使えばいいじゃない。もちろん、みなさんの分も払います」

女性客はトンボ眼鏡をおさえて優雅に言い放ち、「お願いします。急ぐのよ」と頭を下げた。パープルの髪が束を作って前後に動く。

槇乃さんはカールしたまつ毛をしばたたき、目の前の女性客を見つめていたが、やがてこくりとうなずいた。

「わかりました。野原駅員の方にも事情を説明しておきます。では――失礼ですが、お客様のお名前は？」

「静佳《しずか》って呼んでちょうだい」

「では静佳さん、本日二十二時過ぎに喫茶コーナーでまたお会いしましょう」

さわやかに会釈して書棚コーナーに移る槇乃さんの背中を、静佳さんが見送る。

＊

金曜日は、野原駅のふだんは使われていない３番線ホームに明かりがつく。さまざまな臨時列車が停《と》まるのだ。たいていその臨時列車が、野原駅の最終電車になった。

この日の臨時列車は、林間キャンプから帰ってきた子供達の乗った特急電車だった。くたびれて少し眠そうな顔の子供達が、出迎えのために入場券でホームに降りた保護者達に手を引かれ、跨線橋《こせんきょう》をぞろぞろと渡って改札口に向かう。中には〈金曜堂〉の平台《ひらだい》に並んだコミックスに視線を投げる子供もいたが、レジまでは来なかった。

最後の親子を見送って、3番線ホームの明かりが消えていることを確認してから、僕は買ったばかりの文庫本を抱えて喫茶スペースへ向かう。

そこではすでにカウンタースツールに座った静佳さんを挟むようにして、槙乃さんとヤスさんが話を聞く態勢を整えていた。栖川さんはいつも通り、バーカウンターの向こう側で何か作ったり出したりしている。

僕が槙乃さんの横のスツールに座ろうとすると、ヤスさんがぎろりと睨んできた。

「レジは締めたか？」

「締めました。閉店の札も出しておきました」

「うむ。座ってよし」

飼い犬のようだ。僕は情けなく思いながら、スツールに腰をおろす。槙乃さんが僕にきれいなつむじを向けたまま、静佳さんに尋ねた。

「終電出ちゃいましたけど、本当にいいんですか？」

「私のことは気にしないで。それより書店員さん達こそ、遅くまでごめんなさい」

静佳さんがぺこりと頭を下げると、待っていたように、栖川さんがバーカウンターの中から全員分のグラスをトレイにのせて差し出した。グラスの中には、薄いオレンジ色の透明な液体が入っている。しゅわしゅわと小さな泡が出ていた。

誰よりも早く、静佳さんが手を叩く。

「すごい！　これ、《偽《にせ》電気ブラン》？　本物？」

栖川さんが切れ長の青い目を満足げに細めて、かすかにうなずいた。

槇乃さんが振り返り、僕の文庫本をひらいてくれる。細い指で示された箇所を読むと、その飲み物についての説明がされていた。

《コップに注がれた偽電気ブランは清水のように透き通っていますが、かすかに橙色《だいだいいろ》がかっているようにも見えます。》

まさにこれじゃないか、と僕も目をみはる。

「酒じゃない。サイダーにマンゴージュースをほんの少し混ぜた。後はこれ」

栖川さんが指さした先には、カウンターの上に吊《つ》られたレトロなオレンジ色のランプシェードがあった。この光の加減で、より橙色に見えるということなのだろう。

タネ明かしをされてもなお、静佳さんは感激した面持ちでくいとグラスを傾けた。

「とても、おいしいわ。今日は何だか喉が渇いちゃって」

髪を揺らして、ほほほと笑う。自分の買った文庫本の表紙をすじばった手でなで回し、静佳さんはおちょぼ口のまま、ほうと息をついた。

「森見さんの本はどれも大好きやけど、中でも『夜は短し歩けよ乙女』は特別やわ」

急に関西のイントネーションになって僕らの反応をうかがい、静佳さんは笑う。

「実は私も関西生まれの関西育ちで、この作品に出てくる時計台のある京都の大学に通ってたの。だから、自分の《黒髪の乙女》時代を思い出して、感慨深くなるのよね」

僕は文庫本の表紙に描かれた少女の繊細な横顔を、たっぷり五秒見つめてから、静佳さんを見た。ファッションは奇抜《きばつ》でも、その顔立ちには品がある。たしかにある。ただ、「乙女」の要素はどこから拾ってくればよいのか？　途方に暮れてしまう。

場の沈黙に居心地が悪くなったのか、静佳さんは鮮やかなパープルに染まった毛先をつまんだ。

「二十歳《はたち》の頃から、こんな色の髪だったわけじゃないのよ」

関西生まれ関西育ちの静佳さんだが、今は関東のイントネーションが素《す》のようだ。

槇乃さんが自分のグラスに入ったサイダーを一口すすって、首をかしげる。

「静佳さんが《黒髪の乙女》なら、《先輩》はどなただったんでしょうか？」

宙で槇乃さんと静佳さんの視線が合う。静佳さんは「鋭い質問」と肩をすぼめた。

「私の《先輩》は──学年は同じやったけど、年が二つ上の男性でした。ほんまに『先輩』ってふざけて呼んでたわ」

静佳さんの返答は早い。まるで聞かれるのを待っていたように、言葉が転がり出る。

槇乃さんとヤスさんが素早く目を合わせた。このあたりが、静佳さんの読みたい本探しのとっかかりなのだろうと、僕にも想像できる。

「私が歩いた夜の話を聞いてもらえる？」

「はい」と僕と槇乃さんとヤスさんの声が揃い、栖川さんは空になった静佳さんのグラスに〈金曜堂〉特製《偽電気ブラン》のおかわりを注いだ。

＊

入学試験を大学の教室ではなく、だだっ広い市民グラウンドに建てられたプレハブ小屋で受けたって言うと、たいてい冗談だと思われるけど、本当なの。後にも先にも——あ、この先はわからないけど——すきま風吹きすさぶプレハブの仮設試験場での入試は、うちの大学ではあの年だけでしょうね。大学のあちこちが学生運動のバリケードで封鎖されて、とても受験生が入れるような状態ではなかったから、やむなくの処置でした。

先輩とは、そのグラウンドの仮設試験場ではじめて会ったんです。たまたま受験番号が連なってたの。先輩が前。私が後ろ。

先輩の第一印象は――達磨《だるま》さんかな。

容姿は関係ないわ。試験中に先輩の席から真っ赤な達磨が転がってきたから、それで、達磨さん。

『夜は短し歩けよ乙女』で転がる達磨は、《林檎《りんご》ほどの大きさ》と書いてあったけど、私が見たのはもうひとまわり小さいやつね。女の人の掌にもすっぽり収まるくらいの慎ましい達磨だった。私もまさに思ったものよ。《達磨もたいへん丸いものだな》って。

転がる達磨のスピードは相当で、このままだとどこまでいくかわからなかったから、私はとっさに、履いていたシューズの底で達磨を踏んづけて止めた。縁起物の達磨さんを踏んづけたんだもの。心は痛むし、乱れたわ。だけど、試験中にごそごそ机の下に屈《かが》みこめないでしょう？　カンニングを疑われて退場なんて最悪じゃない？　だから、そのまま踏みつづけることにしたの。

試験が終わるとすぐに、私は前の席の人の背中をつついた。振り向いた男の人はずいぶん澄ました顔をしていたけれど、私が突き出した達磨を見たら、ぱっと笑顔になって照れくさそうに頭を掻いたわ。

「やあ、君が拾ってくれたのか？　ありがとう。消しゴムを使った拍子に、ポケットから転がり落ちてしまって、もう二度と会えないかと思ってた」

「大事な達磨さんなんや？」

「うん。お守りだからね。地元の神社で買ってきた、受験必勝達磨守りだ」

「——かっこつけた喋り方やなあ。あんた、東京の人？」

彼は「東京都民じゃないけどね」と笑顔のままうなずき、東大に入りたくて二浪中だと屈託なく教えてくれました。

「でも今年は学生運動の余波で東大入試が中止になっちゃっただろう？　さすがに三浪する勇気もお金の余裕もないから、心機一転。西の地で勉強できたらと思って」

私は自分より二歳上の先輩の抱えた事情を知って、少し気の毒になったものよ。二浪してでも行きたかった大学の入学試験がなくなるなんて。天災でも諦めがつきにくいのに、学生運動なんて——人災じゃないの。

私は何だか無性に彼を励ましたくなって——他人のことを励ましている場合じゃないのはよくわかっていたのだけど——先輩の掌に鎮座した達磨を見つめ、「だいじょうぶ。きっと受かるわ」と請け合いました。

「え？　どうして、そんなことがわかるんだい？」

「その達磨さん、先輩の身代わりになって落ちて転がってくれたやん」

「ほぉ」と声をあげて、私を見つめた先輩の眼鏡の奥の目がきらきらしていて、私は急に恥ずかしくなったわ。そしたら、先輩が叫んだの。

「やや！　達磨に目が入ってる」

見れば、先輩の手の中にある達磨のちょうど目の部分に土がはりつき、黒目みたいになっていました。私がシューズの底で踏んだ拍子についちゃったんでしょうね。

「これで、君もきっとだいじょうぶ。きっと受かる」

吐く息が白くなる試験場で先輩と笑い合い、私はわくわくしたわ。この大学に入れたら、専攻した経済の勉強はもちろんふだんの学生生活でも、個性豊かな学生や先生達の自由な考え方から多くの刺激を受けられる。きっとオモロいことがたくさんあるだろうって、信じて疑わなかったの。


達磨のおかげか、私はぶじ大学に合格しました。

ただね、どこぞの派閥とやらの学生が乱入して、わずか十秒で中止になった入学式からスタートした大学生活は、あってないようなものだった。本当に授業がないのよ。先生が教室に入れない。生徒も教室に入れない。自分の大学なのに、門もくぐれない。

学生運動に身を投じていた人達には、その人達なりの論理や主張があったんだろうけど、私はただただ普通の学生生活が送りたかったわ。でも、叶《かな》いませんでした。

あふれた暇を持て余し、それで仕方なく、私は歩きはじめたんです、京都の町を。

そういうわけで、先輩とふたたび会ったのも、大学構内ではなく京都の町の中でした。

桜の花びらを追いかけて歩いていた哲学の道でばったり。

「やあ、奇遇だね。入試の時は、達磨をどうも。お互い、ご利益があったということかな」

「『お互い』って——ほな、先輩もあの大学に？」

「おかげさまで合格したよ。ところで〝先輩〟はやめてくれ。一応、同級生だろう？」

「わかってへんなあ。〝先輩〟は、同級生への親愛の情を示すあだ名やよ」

先輩は眼鏡のレンズをきらりと光らせ、私をあらためて見ました。

「ほぉん。君の名前は？」

「竹宮《たけみや》。竹宮静佳です」

「では竹宮さん、せっかく京都にいるんだし、いっしょに散歩でもしようか」

それから、私は先輩と歩くようになったんです。吉田山《よしだやま》から真如堂《しんにょどう》を抜けて金戒光明寺《こんかいこうみょうじ》へ行ったり、法然院《ほうねんいん》や南禅寺《なんぜんじ》をうろちょろしたり、錦市場《にしき》でおいしいお漬けもんを買ったり、京都タワーにのぼって、京都の碁盤の目の通りをどう区切り直せばオモロい地図ができるか考えてみたり、叡山《えいざん》電車に乗って鞍馬山《くらまやま》まで天狗《てんぐ》を探しに行ってみたり——大学のない毎日をどうしたら楽しめるか一生懸命考えて、京都を遊び倒しました。

だけどね、大学一回生だった私達が、京都の中で一番行きたかった場所は、やっぱり自分が志望した大学だったんです。

入学してから一度も授業を受けられないまま夏休みを迎えてしまい、私も先輩もさすがに落ち込んだものよ。何のために京都にいるんやろ、何のために受験したんやろ、何をすればええんやろって、盆地の暑い夏のさなか、毎日毎日考えていました。

「時計塔の鐘の噂《うわさ》、竹宮さんは知ってる？」

先輩が阿闍梨餅《あじゃりもち》を食べながら聞いてきたのは、九月の半ばすぎでした。またオモロいことを思いついたんだって、すぐにわかったわ。

「大学の時計塔の鐘？　老朽化して、鳴らんようになってるって聞いてるけど」

白い大きな文字盤が印象的な時計塔をてっぺんに据えた、煉瓦《れんが》造りの建物を思い出しながら、私は首をかしげました。

「うん。でも、ごく稀《まれ》に真夜中、十三回鳴ることがあるらしいんだ」

「ほんま？」

「一部の学生達の間で噂になってる。しかも、その十三回の鐘の音《ね》を聞いた者には、闘争勝利が約束されるという話だよ」

「えー。何それ？」

「ま、おおかた学生運動に疲れた者達によるガセだろうけど」と先輩は涼しい顔で肩をすくめ、眼鏡のレンズをきらりと光らせたわ。

「どうだい？　その噂に乗じて、俺らで鐘の音を十三回鳴らしてみないか」

「――は？　何でそうなるん？」

私があわてると、先輩は小さく微笑んだものです。

「竹宮さん、俺はもうこりごりなんだ。不平不満をたれ流すために、頭はついているんじゃない。どうしたら一人一人の心の中から不平不満が消えるか、考えるためについているんだ。声の大きな誰かの後ろをただついて歩くために、耳はついているんじゃない。いろいろな意見を聞いて、自分の考えをまとめるためについているんだ。大学は、そうやって自分で考えて生きていく腕試しの場所のはずだろう？　どうして同じような恰好《かっこう》をして、右へならえのシュプレヒコールを叫ばなきゃならない？　どうしてアジテーションにのっかって、自分じゃ何も考えずにみんなと同じ方向に進まなきゃならない？　これじゃ、あの戦争の時とまったく同じじゃないか。戦争を知らない俺らが、進歩しなくてどうする？――なんてことを、俺はゲバ棒を持たず、拡声器を使わず、しかめっ面《つら》をせず、誰も悪者にしないで訴えたいと考えた。その結果が、鐘の音さ」

ついさっきまで阿闍梨餅でおぜんざいを作る方法を懸命に考えていた人とは思えぬ、熱い主張でした。でもその熱は、私といっしょに京都の町をぶらぶらしている時から――いえ、もっとずっと前から、先輩の胸の底にたえずあったのでしょう。

先輩の芯に触れて、私が目をみはる中、先輩はさっさといつもの澄まし顔に戻りました。

「生きづらい時に、一番必要なもの。それはユーモア――オモロさだと、俺は京都に来てつくづく思い知った。だから、誰かの猿真似《さるまね》や借り物の主張で行き詰まったみんなに聞こえるように、あの鐘を鳴らしてやる。バリケードなんて突破して、オモロい鐘の音を十三回響かせようじゃないか、竹宮さん。みんなが自分の頭で考えた言葉を口にできるように。大学をそういう場所に戻すために」

「――それが、先輩の闘いなん？」

「そう。闘争だ」

「――わかった。私もそういう大学に通いたいから、参加させてもらお」

それから、私達は大真面目《おおまじめ》に準備しました。時計台の設計図まで手に入れてね。鐘の音の代わりに十三回響かせるのは、豆腐屋のラッパにしました。時計台から豆腐屋のラッパが響けば、さぞかし意外でオモロいだろうと思って決めたんです。

決行日の深夜、私と先輩はヘルメットをかぶって、タオルで顔を隠し、あえてみんなと同じ恰好になって大学の中に入ったわ。拍子抜けするほど、誰にも咎《とが》められませんでした。時計台の建物にも運動家の学生達がたくさんいましたが、会釈で通してもらえた。もう後戻りできません。私と先輩は覚悟を決めて、百年も前からゲバ棒持ってますって顔をして、どんどん中に入っていきました。

頭にたたきこんでおいた設計図に沿って、誰にも見つからないよう時計塔へのドアをあけることができた時は、思わず小躍りしたものよ。

「この暗い夜に、豆腐屋のラッパを朗々と響かしたろ」って、胸がわくわくした。入試の時に感じた「この大学に入れたら、きっとオモロいことがたくさんあるだろう」って予感と同じわくわくでした。

果たして、豆腐屋のラッパの音がそんなに大きく響きわたるものなのか？　それは私もいまだにわかりません。

というのも、私と先輩の闘争がうまくいったのは、ここまでだったから。

百段近い折れ曲がった階段をひたすらのぼり、時計塔の心臓部ともいうべき小部屋に入ると、先客がいたんです。後から知ったのだけど、いよいよ大学へ機動隊が突入するのを察知して、学生運動家達十数人が何日も前から時計塔に立てこもっていたそうよ。

積み重なった疲労で顔を青黒くした人達が、雑然とした小部屋の中で目だけをぎらぎら光らせて、私と先輩に聞いてきました。

「おまえら、誰や？　スパイか？」

先輩がとっさに口から出まかせを並べて切り抜けようとしたけど、あわてていたせいか、ポケットから豆腐屋のラッパが落ちちゃって、余計怪しまれる始末よ。命からがら逃げ出したわ。

あの場で運動家達に捕まらなかったのは、本当に奇跡に近かったと思います。

まあでも、学生達の手から逃れた代わりに、私と先輩は小部屋のドアを抜けた先で、今まさにそこから突入しようとしていた機動隊に捕まったわけですが。

一気に喋りきった静佳さんは「ふう」と息をつき、三杯目の《偽電気ブラン》で口を湿した。

「私と先輩は、別々の留置場に一日いました。何を言いわけしても、ヘルメットをかぶったあの恰好ですしね。現場にいたのもたしかだし、あの大学の学生なのも本当だし、逃げきれなかったわ。はなから自分達を疑い、嫌悪感を抱いていることを隠そうとしない警察に、あの夜、時計塔で私と先輩が本当にしたかったことを話しても無駄だったでしょう」

機動隊による時計塔封鎖解除をきっかけに、静佳さん達の大学の学生運動は――火種はくすぶりつつも――徐々に制御のきくものに形を変えていったそうだ。その秋から少しずつ授業もはじまり、年内には全学部が学舎を取り戻したという。静佳さんと先輩も、留置場でこってり絞られた以外は、前科者になることもなく、普通の学生に戻れた。

「でも、あの夜の出来事は、家族にも、その後学内でできた友達にも、喋りませんでした。魔法が解けたように、オモロいことがわからなくなったんです。興味がなくなってしまったの。何をするのもアホくさくて、あれほど楽しみにしてた大学生活なのに、授業も友達作りにも今ひとつ熱を入れられず、四年間があっという間に過ぎ去っていったわ。先輩とのご縁はそれからもつづいたけど、私達はもう何の目的もなく京都の町を歩くことはしませんでした。そして卒業と同時に、それぞれ自分達の町に帰った。先輩は相変わらず頭のいい、頼りになる男性だったけど、一回生の春から夏にかけてのアホみたいなかがやきを放ったオモロさは、なりを潜めてしまっていたわ。私はその、たしかにあった先輩のオモロさを諦めきれず、いつかまたあの頃の先輩が見られるんやないかと思って、今までついて来たような気がします」

「今まで？」

僕とヤスさんの声が揃う。静佳さんは遠くに投げていた視線を僕らに戻して、おちょぼ口で微笑んだ。

「先輩は今、私の夫です」

「ご結婚はいつ？」

槇乃さんがやさしく尋ねる。静佳さんは指を折って数えていたが、ふっと息を漏らして首を横に振った。

「昔すぎて忘れちゃったわ。卒業後、わりとすぐじゃなかったかしら。彼の町に呼ばれて、小さな式を挙げて、もう五十年近くいっしょにいます。会話のない夫婦ではないけれど、あの夜の出来事を話題にしたことは、ただの一度もないわね」

静佳さんのイントネーションは、関西から関東のそれにするすると戻っていく。

「あれは、いってみれば二人の最初の挫折の記憶だから」

しんとなった店内に、時計の針の音が響く。若い静佳さんと先輩の姿が、夏の闇の中にぼんやり浮かんでくるようだ。美しい理想が踏みにじられてからの長い年月、どうやってこの世界で戦ってきたのだろう？　僕は聞きたくなったが、先に沈黙をやぶったのは静佳さん自身だった。

「以上、挫折した《御都合主義者かく語りき》でした。どう？　こんな私を楽にしてくれる本は、見つかりそうかしら？」

僕らは顔を見合わせ、そういえばそのつもりで聞きはじめた話だったと思い出す。話の最中、目の前の静佳さんはパープル髪の乙女にしか見えなかった。本当に。だからだろうか。肩にずっしりと、時を超えてきたような疲れが残っていた。

「さっき『最初の挫折の記憶』って言ってたが——その後も、夫婦で挫折と呼ぶような経験を？」

ヤスさんが尋ねる。静佳さんは店内の時計に目をやり、おちょぼ口をすぼめて、ひゅるりと息を吐いた。

「私がつづきを話す前に、本の海から引き上げてもらいたい真実があるの」

謎めいたその言葉に、僕もヤスさんも栖川さんもとっさに槇乃さんを見る。本に関して、絶妙なセンスと絶対的な勘の良さと絶大な読書量を有する〈金曜堂〉の店長は、純粋な好奇心を覗かせ、身を乗り出した。

「本の海の中にある真実、ですか」

「チャレンジしてくださる？」

「はい。きっとその真実が、静佳さんの読みたい本を見つける鍵でしょうから」

迷わず答える槇乃さんをまぶしそうに見て、静佳さんは何度か咳払《せきばら》いする。

「じゃ、言うわよ。メモしてちょうだいね。──小林信彦《のぶひこ》の『おかしな男　渥美清《あつみきよし》』。星新一《ほししんいち》の『おせっかいな神々』。三島由紀夫《みしまゆきお》の『太陽と鉄』。小林秀雄《ひでお》と岡潔《おかきよし》の『人間の建設』。東海林《しょうじ》さだおの『マツタケの丸かじり』。糸井重里《いといしげさと》と湯村輝彦《ゆむらてるひこ》による『さよならペンギン』。大岡昇平《しょうへい》の『野火《のび》』。東山彰良《ひがしやまあきら》の『流《りゅう》』──以上の八冊よ」

僕がメモを取るのに必死になっている間に、静佳さんは年齢を感じさせない軽やかな身のこなしでスツールをおりた。バッグを持ち、帰り支度を整えながら、ホルダーから引き抜いた紙ナプキンに電話番号を書いて、ヤスさんに渡す。

「真実を見つけたら、連絡をちょうだい。待ってるわね」

最後の一言は、ほとんど懇願のように聞こえた。


「何だありゃ？」

静佳さんが駅員に誘導されて去った店内では、ヤスさんが奥に引っ込んだ目をしばたたかせて、金髪の角刈り頭をごりごり掻いた。栖川さんもグラスを洗いながら、首をひねる。僕がこっそり槇乃さんをうかがうと、槇乃さんの大きな目はまばたきを忘れたようにみひらかれていた。

「真実って何でしょうね、倉井くん？」

突然、名指しで尋ねられ、僕はあたふた眼鏡を押し上げる。

「さあ、何でしょうか。そもそもさっきの八冊、僕は全部読んだことがなくて――」

「オモロいなぞなぞでも仕掛けたつもりなんじゃねぇか？　おぅ、南。ゆとり老人の暇つぶしに、どこまで付き合うつもりだコラ？」

「お客様の本探しには、どこまでだって付き合うよ。みんなも協力してほしいな」

槇乃さんは当然のように返すと、にっこり笑って僕らを見回した。

「『おかしな男　渥美清』から『おせっかいな神々』、さらに『太陽と鉄』へのつながりの解明を、ヤスくんよろしく。星新一、好きだったよね？」

「お、おぅ、まあな。中学の時に星先生を知ったから、俺は本を読む習慣ができたんだ。『おせっかいな神々』も、もう五回くらい読んでるぞ」

ヤスさんが胸を張って答えた。槇乃さんはうれしそうにうなずき、僕に視線を移す。

「『太陽と鉄』から『人間の建設』ときて、『マツタケの丸かじり』に至るつながりは、私が担当します。『人間の建設』は前から読んでみたいと思っていたから、ちょうどよかった。倉井くんは『マツタケの丸かじり』から『さよならペンギン』へのつながりをお願いできますか？　どちらも面白いし、読みやすいから、楽しめると思います」

僕は緊張しながらうなずいた。頼りは、槇乃さんの投げてくれる浮き輪だけだ。

「『さよならペンギン』から『野火』そして『流』への流れは、栖川くんにおまかせするね。『さよならペンギン』はともかく、『野火』と『流』はなかなか骨太な作品だよ。栖川くん、好きでしょ、そういうの？」

「僕は別に、骨太な作品だけを読むわけじゃない」

「わかってる。わかってる。でも『流』なんて、直木賞候補になる前から読んでたよね？」

栖川さんはこくりとうなずき、「面白そうだから、読んだ。骨太だからではない」ともう一度訂正していた。

最後に、槇乃さんはぽんと手を叩く。

「ではみなさん、時間外労働が増えて申しわけないけど、よろしくお願いします」

こうして僕らはおのおの課題を抱え、それから数日は本を読んだりネットを調べたり、仕事以外の時間も〈金曜堂〉と静佳さんを忘れることなく過ごしたのだった。

＊

静佳さんの挙げた本は、座談集、純文学、エッセイ、ミステリ、絵本まで多岐にわたっていた。その中で僕が託された二冊は、食エッセイと絵本だ。槇乃さんが実にうまく分担を決めてくれたことがわかる。

二冊ともずいぶん昔に出た本だが、〈金曜堂〉の地下書庫には『マッタケの丸かじり』の文庫本と『さよならペンギン』の復刻版がちゃんと置いてあった。さっそく買い求めたそれらは、槇乃さんの言った通り時代に関係なく面白くて、さくさくと楽しく読めたものだ。僕はその勢いにのって、『夜は短し歩けよ乙女』の読破も果たした。

けれど、いざこの二冊を、『夜は短し歩けよ乙女』で《古本市の神》を名乗った少年のごとく鮮やかにつなげてみせよと言われると、とたんに至難の業となる。

僕は大学の図書館で、自宅のパソコンの前で、移動中や喫茶店でスマホ片手にうんうん唸りながら、東海林さだおについて、丸かじりシリーズについて、糸井重里について、湯村輝彦について、広く調べつづけた。

そして、ようやく二冊を結ぶ一人を見つけたのだった。

担当冊数の一番少ない僕が、一番時間をかけてしまっていたらしい。次の週の水曜日に「見つけました」と報告したところ、さっそくその日の閉店後に、みんなで八冊の本をつなげてみることになった。

営業時間が終わって閉店の札をさげると、僕達はオレンジ色のランプシェードの下に集《つど》う。

長丁場になると踏んだ栖川さんが、玄米茶とおにぎりを出してくれた。ツナマヨと梅と鮭《しゃけ》、それから、京都の物産展で手に入れたという、壬生菜《みぶな》の漬け物を入れた焼きおにぎりだ。

「《ごはん原理主義者》の《握り飯》か。うまそうだ」

ヤスさんの手が伸びる。槇乃さんが皿をヤスさんの近くに押し出してやりながら、快活に言った。

「たぶん順番も大事だと思うから、静佳さんが言ってくれた通りにやってみようね」

ヤスさんが「じゃ、俺からだな」と焼きおにぎりを三口でたいらげ、紫色のスーツの内ポケットから黒い手帖《てちょう》を取り出す。

「『おかしな男　渥美清』の著者である小林信彦は、一九六〇年前後に中原弓彦《なかはらゆみひこ》というペンネームで『ヒッチコックマガジン』の編集長を務めていた。この雑誌は、海外ミステリの翻訳や国内の小説を載せる文芸誌でありつつ、車やジャズや銃なんかの特集を組むカルチャー誌の側面もあって、当時の若者の興味を引いたらしい。そんな目利きの編集長、中原弓彦が『ぜひに』とショートショートの執筆を頼んだのが、当時まだデビュー三年目くらいの新進作家、星新一だった」

ヤスさんはいったん言葉を切ると、僕らの反応を眺めながら玄米茶をすする。

「その星新一の実質的なデビューは、〈セキストラ〉って作品が、江戸川乱歩《えどがわらんぽ》が編集長をしていた雑誌『宝石』に転載された時だと言われている。そう。転載だ。〈セキストラ〉はもともと、星先生が友人らといっしょに発行した日本初のSF同人誌『宇宙塵《じん》』に掲載された作品なんだよ。そして、この同人誌をいっしょに起《た》ち上げた友人らは、日本空飛ぶ円盤研究会の仲間でもあったって話だ。驚くのはまだ早いぞ。この研究会の会員の中には、何と三島由紀夫もいたってところまで、ひとつながりだ」

「え。星新一と三島由紀夫が、UFOの研究でつながるんですか」

僕の声はさぞ怪訝《けげん》そうだったのだろう。ヤスさんがくわっと目をみひらいて、唇をとがらせた。

「何だよ、文句あんのかコラ？　俺が調べたつながりは、そこなんだよ。機関誌を発行したり、国内外の情報を集めたり、わりと大真面目に研究していたみたいだぞ」

槙乃さんが人差し指をぴんとそらして割って入る。

「さて、そんな三島由紀夫さんは『金閣寺《きんかくじ》』を書き上げた直後、〈美のかたち〉をテーマに小林秀雄さんと対談していました。二人が互いを遠くに感じていることがよくわかる対談ですけど、よそよそしかったり冷たかったりするわけじゃないんです。むしろ、二人とも正直な上に、言葉を的確に使っていて、すごく面白い。三島さんの小説『金閣寺』がある点では、小林さんの評論『モオツァルト』に影響を受けているなんて発言もあって、私、ちょっとわくわくしちゃいました」

自分が読んだ本について、いつまでも語りつづけそうな槙乃さんを諌《いさ》めるように、栖川さんが美声で尋ねた。

「『太陽と鉄』と『人間の建設』という作品のつながりは？」

「あ、えっと、それらの作品自体がつながっている点は、特に見つけられなかったの。それは次の『マツタケの丸かじり』もそうで――」

槙乃さんはエプロンのポケットから『マツタケの丸かじり』の文庫を取り出し、栞《しおり》をはずす。

「著者の東海林さだおさんは『ショージ君のにっぽん拝見』という本の中で、『人間の建設』で小林さんの対談相手を務めた数学者の岡潔さんに会いにいってます。だから、つながりはどちらかというと、著者の方ではないかと――」

「あ、僕の担当した二冊もそうです」

僕は手をあげて立ち上がった。

「東海林さだおの『マツタケの丸かじり』の解説を書いているのは、南伸坊《みなみしんぼう》。この南さんが漫画雑誌『ガロ』の編集長時代に、ウチで何か描かない？　と声をかけたのがイラストレーターの湯村輝彦。湯村さんが当時何かとつるんでいたコピーライターの糸井重里を引っ張り込んではじまったのが、ペンギンごはんシリーズと呼ばれる漫画。それを発端に企画され、糸井さんの書籍デビュー作となったのが、絵本『さよならペンギン』となっています」

喋り終わって、僕は息をつく。「倉井くん、よく南伸坊さんに行き着きましたね。お見事です！」と槇乃さんが拍手してくれた。

「残るは、二冊か」

そう言ってヤスさんが、カウンターの中の栖川さんを見る。僕と槇乃さんも正面に向き直った。栖川さんは食器を拭いていた手を休め、すっと息を吐く。涼しげな顔を崩さないまま、語り出した。

「『さよならペンギン』のテキストを担当した糸井重里は、自身が運営するホームページ〈ほぼ日刊イトイ新聞〉の企画で吉本隆明《よしもとたかあき》を何度も取り上げたり、吉本氏の講演をデジタルアーカイブ化して公開したりしている。この吉本氏は八〇年代に〈コム・デ・ギャルソン論争〉なるもので埴谷雄高《はにやゆたか》と争った」

「何だ、その論争？　キャッチーなタイトルだなコラ」

「うん。当時もそれで有名になった節がある。ただ、この論争のはじまりをちゃんと辿《たど》ってみると、埴谷氏と大岡昇平が対談集『二つの同時代史』の中で、吉本氏を〝反反核〟と称してしまったことに行き着く」

「あ、大岡昇平」

「うん。ここでつながる。ちなみに大岡氏は、吉本氏と埴谷氏のくだんの論争後、コム・デ・ギャルソンのパンツを買いに行ったことを、『成城だより』という日記体エッセイの中でしれっと綴《つづ》っている。なかなか面白い人間だと思う」

栖川さんが青い目を細くして、かすかに笑った。

「最後は？」と槇乃さんが髪を指に巻きつけながら尋ねる。栖川さんはその質問を待っていたように、薄い唇の口角をきゅっと上げた。

「大岡氏は『事件』という殺人事件の裁判そのものを克明に描いた作品で、日本推理作家協会賞を受賞している。日本推理作家協会の前身は、日本探偵作家クラブ。江戸川乱歩が設立にかかわり、初代会長も務めた。その江戸川乱歩の推薦でデビュー作『野獣死すべし』が『宝石』に載り、一躍文壇に躍り出たのが、大藪春彦《おおやぶはるひこ》だ」

「あ、その『宝石』って雑誌、星新一の時も出てきましたね」

「だな。江戸川乱歩は偉大だぜ」

僕とヤスさんの会話を余裕で受け流し、栖川さんは最後のまとめに入る。

「その大藪春彦の名前が冠された賞を、『路傍《ろぼう》』という作品で受賞したのが、東山彰良。東山氏は直木賞も獲《と》っていて、その作品名が『流』」

「つながった」

僕は叫んだものの、すぐ首をひねってしまう。

「で、結局、これらの本のつながりの中で浮かび上がる真実って、何なんですかね？」

「問題はそこだよなあ。何だ？　江戸川乱歩は偉大だってことか？」

ヤスさんの言葉に、ふたたび食器を拭きはじめた栖川さんが首を横に振った。

「違う気がする」

「じゃあ、何だよ？」

「何だろうねえ」

槇乃さんまで大きな目をしばたたかせている。僕はあの日、静佳さんに言われてあわてて書き取ったメモを、もう一度見直した。

小林のぶひこ『おかしな男　あつみきよし』

星新一『おせっかいな神々』

三島ゆきお『太陽と鉄』

小林ひでお『人間のけんせつ』

しょーじさだお『まつたけのまるかじり』

イトイ重里&ゆむらてるひこ『さよならペンギン』

大おかしょうへい『のび』

東山あきら『りゅう』

あわてていたのと漢字が苦手なのがあいまって、悲しいくらいひらがなだらけだ。

僕はあらためて正しい表記で書き直そうとして、ふと手を止める。心臓がどきんと鳴った。

「――静佳さんは『本の海から引き上げてもらいたい真実がある』と言ってましたよね。この場合、本のタイトルそのものの順番が大事だったのではないでしょうか？」

「どうして、倉井くんはそう思うの？」

聞き返されてしまった。僕はごくりと唾をのむ。何気なく見つけたつながりを、ここで言ってしまっていいのか、とても迷う。

「僕らには『夜は短し歩けよ乙女』の古本市のシーンが共通認識としてあったから、すっかり惑わされてしまったけど、要はこれ――」

「何だよコラ。最後まで言え。間違えてもいいから言ってみろ」

口ごもる僕を、ヤスさんがどやしつけた。それで何とか勇気が出る。僕は槇乃さんから目を離さないと心に誓って、一息に言う。

「タイトルの最初の文字を順番に読んでいけば、真実が浮かんできます」

「んだと？　そんな暗号だったんか。お、お、た――」

勢いよく読み進めていたヤスさんの声が途切れた。僕は槇乃《や》さんだけを見ている。

槇乃さんの目が大きくみひらかれ、唇は空気を取り込むのを止めた。なだらかな勾配を見せる胸が波打ち、小さな手がその上に置かれる。

——おおたにまさのり。

槇乃さんの口が動き、声には出さず、その名前が唱えられるのがわかった。そして、槇乃さんは僕を見る。けれどその瞳には、何も映っていない。ヤスさんと栖川さんの様子も明らかにおかしくなった。空気が目に見えてぎくしゃくする。

「静佳さんの《先輩》は、大谷正矩議員だったんですね」

ようやく槇乃さんが発した声は、地の底から絞り出されたように低く、乾いていた。

＊

次の日、〈金曜堂〉はふだんと変わらず営業していたが、槇乃さんは僕とヤスさんに仕事を任せ、お客様が少ない時間帯のほとんどを地下書庫で過ごした。

そこで槇乃さんが何を考え、何をしていたのか、僕は知らない。すごく気になったけれど、僕まで仕事を放り出すわけにはいかなかった。

「だいじょうぶだ。南なら、だいじょうぶだ」

混雑したレジを隣り合って打ちながら、ヤスさんが自分に言い聞かせるようにつぶやいているのを何度か耳にした。そう言うヤスさん自身は全然だいじょうぶじゃなくて、レジを打ち間違えてばかりいた。必然的に僕はやることが増え、余計なことを考えずに済んだ。

やがて営業時間が終わる頃、槇乃さんがバックヤードのドアから出てきた。一日でずいぶん白くなった頬に翳《かげ》を宿しつつ、槇乃さんは僕に静佳さんへの連絡を頼んできた。

「真実がわかりました、とだけ伝えてくれたらいいですから」

僕がその通り伝えると、静佳さんは電話口で沈黙し、ずいぶん時間が経《た》ってから「明日うかがいます」と消え入るような声で答えた。


翌日の金曜日、静佳さんが来たのは、臨時列車が出た後だ。電車の発着がなくなり誰もいなくなった跨線橋を、改札口の方から渡ってきた。タクシーで来たらしい。

静佳さんが喫茶スペース側の自動ドアから店に入るのを待って、ヤスさんが閉店の札をさげた。

槇乃さんは僕にレジ締めを頼み、喫茶スペースへとまっすぐ歩いていく。

バーカウンターの前で所在なげに立ち尽くし、静佳さんはヤスさんと槇乃さんに左右を挟まれる形となった。カウンターの中では、栖川さんが人数分のアイスコーヒーを作っている。先週の金曜と違って、互いの間に横たわる空気は重く、かたかった。

「静佳さん。あなたは、大谷正矩議員の奥様だったんですね」

いつもよりは低い槇乃さんの声だが、こっちのレジまでちゃんと届く。対する静佳さんの声は、いつも通りの調子だった。

「ええ、そうです。逮捕直前と噂されている大谷の、妻です。お約束通り、つづきを話しに来ました」

大学卒業後、地元野原町に戻って学習塾を経営していた大谷正矩もとい先輩は、父親の跡を継ぎ、町議会議員選挙に出た。その頃には、もう静佳さんは彼の妻になっていたという。

町議会議員から県議会議員、さらには衆議院議員へと着実に出世していった先輩は、国会議員の先生となってからも野原町のために奔走した。

中でも彼の大事業としていまだ野原町に語り継がれているのは、奈々実川《ななみがわ》を埋め立てた国道の建設だろう。僕も以前に、ヤスさんの祖父である伊蔵《いぞう》さんから聞いたことがある。先輩は当時地下鉄事業に乗り出していた和久興業の社長、伊蔵さんの鼻を明かし、町民の信頼とお金を横からかっさらって国道建設を推し進めたらしい。

結果的に野原町はおおいに発展し、先輩は伊蔵さんを含めた町の人みんなに感謝されることとなった。

オモロさを封印した先輩は、国会議員としての覚えもよく、十年で初入閣した。大学の後輩にあたる若き総理大臣から任命された役職は、外務副大臣。

「外務副大臣、大谷正矩。忘れられない名前です」

槇乃さんが喘《あえ》ぐように言う。いつか雑談中に僕がその名前を出した時、驚くほど露《あら》わにした嫌悪感が、今日も覗いた。

静佳さんはすぐに答えず、ゆっくり槇乃さんを見つめる。

一歩外に出れば、残暑の厳しさを感じる日々だったが、〈金曜堂〉の空調は完璧で季節をわからなくさせていた。かたかった空気がざらりと質感を変え、さらに温度を下げた気もする。僕は知らず知らず腕をさすっていた。鳥肌が立っている。

パープルの髪にうすピンクのシルクワンピースをあわせた人目を引く恰好の静佳さんが、その派手さを恥じるようにトンボ眼鏡を外した。目頭を指で揉《も》む。

「ええ。この役職中に、大谷とあなた達の運命が交差した」

僕はとっさに目をつぶる。つぶったところで、一度ネットで拾ってしまった生々しく偏った情報は、脳裏を去らない。

先週の月曜日、僕はジンさんのフルネームをネット検索した。槇乃さんの「五十貝くんは殺されました。それも二度」という謎めいた言葉がきっかけだった。五十貝迅というけっしてありきたりではない名前に、何万件もの検索結果がヒットして驚いたものだ。そのほとんどが、八年前に作られたページだった。インターネットの海では、時間が残酷に留《とど》まりつづける。

ジンさんは、その海で日本中の人達から攻撃されていた。

曰《いわ》く「無軌道な若者」「自己責任」「日本の恥さらし」。

感情をむきだしにして、あるいはいやらしいほど冷静に、書きつけられた匿名の悪口雑言を、僕は読んだ。そして、八年前に何が起こったのか、だいたいわかった。

ジンさんは世界を旅していた。おそらく〈金曜日の読書会〉顧問の音羽先生の影響だろう。その旅の途中、入ってはいけない国に立ち寄ってしまった。そしてテロリスト集団に捕まり、日本政府を巻き込む大騒動かつ大論争の渦中の人となったのだ。

渡航が禁止された国に冒険気分で飛び込んで、まんまと人質になり、挙げ句、日本政府に「命を助けてほしい」と図々しく頼んできたバカ者。それが、顔の見えない何万もの人達が五十貝迅に押した烙印《らくいん》だった。

結局、日本政府は「テロに屈しない」姿勢を貫き、ジンさんはあっさり殺された。見殺しにされたとも言う。

死してなおジンさんが叩かれつづけたのは、現地に飛んだ外務副大臣、大谷正矩の一言が決め手だろう。

「旅で出会った人々の制止や忠告にもかかわらず、その若者は入国に踏み切った」

遺憾の意をたっぷりにじませた外務副大臣の言葉は、光速の矢のように日本中を貫き、五十貝迅というまだ何者でもなかった青年の風評を決定づけたのだ。

槙乃さんが大きく一歩、静佳さんに近づく。

「教えてください。大谷議員のあの証言は本当なんでしょうか？　五十貝くんが死んだと聞いた日から八年間、ずっと疑問で、事あるごとに大谷議員に尋ねてきたことです。でも――答えてはいただけなかった。メールも手紙も無視され、電話は取り次いでもらえず、直接会いにいけば、周りの方達に阻まれました」

「――ごめんなさいね」

頭を垂れる静佳さんに、槙乃さんは大きな目を潤ませて話しつづけた。

「五十貝くんは世界を見たくて旅していたわけで、旅人の意識が強かった。『異邦人は情報収集を怠ってはいけない』とよく言ってました。だから、誰かの制止を振り切って入国したなんて信じられない。ありえないと思うんです。そもそも彼は『あの国は危険だから寄らない』と私達に伝えてくれていました。そのメールをお見せすることもできます――と、私達は警察や周りの大人達をはじめ、五十貝くんの取材に来ていたマスコミの方々にも訴えました。でも、身内贔屓《びいき》と見なされるばかりで。マスコミは嘲笑するような記事を書きつらね、結局、誰も疑問を解いてくれなかった。だから私、今でもわけがわからないんです。八年間、答えを待ちつづけていたんです――」

「ごめんなさいね」

静佳さんがもう一度同じ言葉を発する。そしておもむろにパープルの髪をつかみ、引っ張り上げた。目の覚めるような鮮やかな色のボブカットがもがれ、中から一つにまとめた白髪まじりの髪が覗く。

「カツラだったんか――」

ヤスさんのつぶやきに、静佳さんはうつむいた。

「ウィッグと眼鏡は、外出する時の変装道具です」

家の周りをマスコミに取り囲まれ、別人に見せなければ外出もままならないのだという静佳さんの説明に、槇乃さんが「わかります」とうなずき、乾いた声でつづけた。

「八年前の、五十貝くんのご実家と同じ状況ですね。マスコミから一日中見張られ、チャイムを鳴らされるだけじゃ済まない。匿名の人達からのいたずら電話、怪文書、壁や門への落書き、家業だった書店への投石騒ぎまであって、ご両親は耐えきれず店をたたみ、家を捨て、野原町を出ていかれました。マスコミに『友人のMさん』と書かれただけの私にすら、どこからどう調べたのか嫌がらせがきたくらいです」

槇乃さんが話している間に、静佳さんのうなだれた首はどんどん前へ落ちていく。肩が一度だけ震えたが、それに抗《あらが》うように、静佳さんはぐっと顎を上げた。

「長く苦しい思いをさせて、ごめんなさい。今日こそは、何もかもお話しします」

槇乃さんを正面からとらえ、静佳さんは大きく息を吸い込み、語りだす。

「京都のあの夜、時計塔で私と先輩――いえ、大谷の自由を賭けた闘争が尻切れとんぼで終わったのが一度目の挫折だとしたら、二度目の挫折はこの時です。他の誰かの〝自分の言葉で語る〟自由を、あろうことか、大人になった自分達が奪ってしまった。大谷はテロリストの要求を拒み、若者――それも故郷の町出身の未来ある青年を見殺しにしました。日本政府の判断の是非は、私にはわからない。けれど、国民の厳しい目が政府に向かないよう、総理のイメージを崩さぬよう、次の総選挙での党の弱点にならないよう、でっちあげの咎《とが》でマスコミを操作し、国民を操作し、物言えぬ亡骸《なきがら》に批判を集中させたことは、はっきりとした罪です。大学時代にあれほど忌み嫌ったアジテーションを、より狡《ずる》く巧妙に用いた汚いやり口でした。そして、私もその真実を大谷から聞きながら、見て見ぬふりをした罪があります。私と大谷はあの時、完全に人の道を外れたのよ。加害者と呼ばれる側の人間になってしまった」

感情を押し殺し、淡々と語ってみせた静佳さんは、槇乃さんから目を離さなかった。何をされても言われても受け止める覚悟で、身を委ねているのがわかる。

槇乃さんはかすれた声で聞いた。

「じゃ、五十貝くんは？」

「別の国にいたところを、犯行グループに拉致され、国境を越えて例の国まで運ばれたそうよ。五十貝さんと同じ時期に人質となり、のちに解放されたドイツ人が証言しました。大谷はその証言を現地で聞いたのに、あえて伏せた」

「そして、ジンさんが身勝手に入国したことにした？」

僕が尋ねると、静佳さんは「その通りよ。ごめんなさい」と苦しそうに顔を歪める。

そんな静佳さんを、しかし槇乃さんは見ていなかった。大きな目はみひらかれ、唇がかすかに動いている。口の動きを注意深く読み取ってみると、槇乃さんは（やっぱり）と言っていた。同じ言葉を何度か繰り返し、ようやく声が出る。

「やっぱり、五十貝くんは二度殺されてた。一度目はテロリストに。二度目は大谷議員に」

「殺したなんて——」

「大谷議員は、五十貝くんを別人にしてしまった。私達のよく知る、人の好《よ》い大きな心を持った五十貝くんは殺され、愚かな五十貝迅として、日本中に知られたんです。彼を愛していた人は、みんな傷つき、この町を去りました。ご両親も、親戚も、恩師も、私達だってばらばらになりかかった」

槇乃さんがぐっと唇を噛んで、ヤスさんと栖川さんを見る。

「でも、ヤスくんが言ったんです。『ジンを信じて、ここで待とう』って。いつか五十貝くんが死ななければならなかった本当の理由がわかるまでは、野原町で踏ん張って、私達の思い出の中にいる五十貝くんを忘れないでいようって」

そして〈金曜堂〉は生まれたのだろう。

ジンさんの実家が経営していた町の本屋がなくなり、別の本屋が必要になったこともあるだろうけど、それ以上に、ジンさんのことが大好きだった三人には、本屋という場所が必要だったんだ。本と思い出と仲間に守られ、自分も守る側に立てる、小さな本屋さん。人間の怖さや残酷さや卑しさを嫌というほど突きつけられ、深く傷ついた三人の心が、目の前のお客様と本をつなぐ仕事で少しずつ癒やされていったのは、想像に難くない。

——生きてきたんだ、この町で、この店で、必死に。

僕は鼻の奥をつんとさせて、槇乃さん、ヤスさん、栖川さんを見回した。

静佳さんがハンドバッグから何かを取り出す。それはビニール袋に厳重に包まれた文庫本だった。ページはよれ、表紙は土で汚れ、血のような染みもついている。

「『夜は短し歩けよ乙女』——」

槇乃さんが呆然《ぼうぜん》とタイトルを読み上げる。静佳さんはうなずき、口をひらいた。

「この文庫本は、五十貝さんが殺された現場に転がっていたそうです。他に日本人はいなかったし、きっと彼の遺品だろうと、大谷が持ち帰ったの」

槇乃さんが手を伸ばし、そこにジンさんの魂が残っているかのように、そっと胸に抱きしめた。

「もっと早く、大谷本人が渡しに来るべきでした。でも、あの人の負い目がそれを拒んだ。あなた達の前で、同じ嘘《うそ》をつく自信がなかったとも言えます。ごめんなさいね」

静佳さんの話を聞きながら、槙乃さんはビニールの上から何度も本の表紙をなでる。そしてふいにビニール袋を破り、僕らが息をのんでいる中、文庫本を直接つかんだ。

ふやけたページをめくっていくと、最後のページにはさまっていた栞がひらりと落ちる。茶色く変色したその栞を拾い上げ、槙乃さんはにっこり笑った。

「よかった。五十貝くん、最後まで読めたみたい」

よかった、よかった、とうなずいて、槙乃さんはもう一度文庫本を抱きしめた。

「五十貝くんの最後の読書は――この本だったんですね。面白い本で、よかった」

槙乃さんのまつ毛がとつぜん震え、はらはらと涙がこぼれる。ヤスさんが槙乃さんの肩を抱いて、スツールに座らせた。栖川さんが震える手でアイスコーヒーをさげ、代わりに熱いお茶を出す。二人の目も潤んでいた。

槙乃さんは文庫本をヤスさんと栖川さんに回すと、静佳さんをはじめて見つけたように、まばたきをする。

「静佳さんが森見登美彦の本を知ったのは、ひょっとして、これがきっかけですか?」

槙乃さんの問いかけに、静佳さんは白髪まじりのまとめ髪をおさえ、かすかにうなずいた。口をついて出るのは、「ごめんなさい」だ。どんどん年老いて、小さくなっていくようで、僕は見ていられなくなる。

槙乃さんの質問はつづいた。

「とうして今になって、この本を届けてくれたのです？」

「都内の病院に入院中の大谷から、電話で頼まれたの。野原駅にある〈金曜堂〉という本屋に、あの本を持って行ってくれと」

　僕はテレビでしか見たことのない大谷議員を思い浮かべる。

「正直、届けていいものかどうか、私は迷いました。怖かった。だから、まずはただの客としてうかがって、あなた達と喋ってみました。きっかけ作りに本のタイトルを忘れたふりなんかして、失礼しました。でも、とても楽しかったわ。ひととき純粋に本の話ができて、厳しい現実を離れられた。それで賭けてみることにしたんです」

「本の謎かけで、俺らが『大谷正矩』に辿り着くかどうか？」

　鼻を鳴らしたヤスさんに、静佳さんは謝った。

「本当にごめんなさい。この期《ご》に及んで、覚悟を決める時間が欲しかったの」

　その顔には疲労の色が濃く出て、しわが急に目立ちはじめていた。よく考えたら、自分の夫が逮捕されそうなのだ。嵐の真っ只中《ただなか》にいるような心持ちだろう。いや、心持ちだけでなく、実際いろいろな対策や対応に追われているに違いない。いくら夫の頼みとはいえ、こんな時に変装までして外を出歩き、わざわざ野原町まで足をのばすことが、どれだけ負担だったか考えると気の毒になる。けれど僕はこの場で唯一、八年前の事件への直接的なかかわりがない。僕が静佳さんに感じる同情は、ネットでジンさんを酷評した人達と表裏一体で、何も知らないことに無自覚な者が抱く他人事《ひとごと》ゆえの感情だ。それがわかっているから、何も言えなかった。

槇乃さんは湯呑《ゆの》みを両手で持ってお茶を飲むと、「あー」と小さな声をあげた。そして、立ちっぱなしだった静佳さんにスツールへ座るようすすめ、栖川さんに静佳さんの分のお茶をいれてくれるよう頼んで立ち上がる。

「南店長？　どこへ？」

僕があわてて尋ねると、ゆるくウェーブした髪を揺らして振り向いた。

「お客様の読みたい本を、持ってきます」

そこには、槇乃さんのいつもの笑顔があった。

五分と経たずに戻ってきた槇乃さんの手には、無線綴《むせんと》じのぶあつい並製本《なみせいほん》がおさまっている。針金や糸を使わず接着剤のみで表紙にくるまれたその本は、梅雨時期にフロアで平《ひら》積《づ》みにされていたものだ。

「それ、野原町の郷土史コーナーの――？」

「倉井くん、大当たり」

槇乃さんはにっこり笑って、僕らに表紙が見えるように差し出した。

「野原町議会の議員有志によって編纂《へんさん》された『野原町国道史』です。今でも町役場や地元の本屋〈金曜堂〉で買うことのできる立派な本ですよ」

静佳さんがおそるおそる受け取り、色画用紙に毛が生えた程度の簡素な表紙に触れる。槇乃さんは「ひらいてみてください」とすすめ、説明を加えた。

「町議会議員出身で、当時すでに衆議院議員になっていた大谷正矩さんも執筆に参加しています。彼の一声ではじまった国道プロジェクトがどう進んでいったか、当時プロジェクトにかかわった周りの人達のインタビューや、町議会が紛糾する様子が生々しく写しとられた議事録も収められ、なかなか面白いノンフィクションでした」

「あなたは読んだの？」

「はい。昨日一気に。仕事もせずに、地下書庫で読みふけりました」

槇乃さんは気まずそうに僕らに頭を下げる。そして、ウェーブした髪を指に巻きつけながら少し考え、ゆっくり言葉を選んでいった。

「大谷正矩さんは、優秀な議員だと思いました。町議会議員の時も、国会議員になってからも、彼には常に理想があった。その理想が、大きなプロジェクトをやり遂げる原動力になった」

「でも、その原動力がねじ曲がって、道を間違えた。取り返しのつかない過ちを犯したわ。五十貝さんの件に加え、今回も――」

静佳さんが噛みしめるように応じると、槇乃さんは栖川さんからジンさんの遺品『夜は短し歩けよ乙女』を受け取り、少し紙の膨れたページを繰る。

「《この広い世の中、聖人君子などはほんの一握り、残るは腐れ外道《げどう》かド阿呆《あほう》か、そうでなければ腐れ外道でありかつド阿呆です》」

森見節ともいうべき名調子を読み上げ、槇乃さんは「というわけで」と肩をすくめてみせた。

「大谷正矩さんが道を間違えたならば、元の道に戻る努力はして欲しいし、その過程で罪を償う必要も出てくると思いますが、だからといって彼が優秀な議員であることがなしにはならないと、私は思います。また、静佳さんの話を聞いて、オモロい先輩の部分だってきっと残っていると思いました。いえ、残っていると信じます」

槇乃さんのその言葉を聞いて、静佳さんはずっと——ひょっとしたら、大谷議員が刑事告発された時からずっと——堪《こら》えてきた涙をひとすじ流した。

「どうして？　あなた方の大事な友人を——殺したも同然の大谷に対して、どうしてそう思ってくださるの？　信じてくださるの？」

「それは——」と槇乃さんは一瞬息を吸い込み、ヤスさんと栖川さんを見回す。二人が同時にうなずくと、安心したようにほっと息をついた。

「五十貝くんが、そういう人だったからです」

その短い言葉は、僕のみぞおちにしっかり食い込んだ。静佳さんもそうだったろう。

ヤスさんが金髪の角刈りを獅子のように振り立てて、何度もうなずいた。

「ああ。どんなに人間に絶望しても、つらい目にあっても、それでもまた人間に歩み寄って、赦《ゆる》して、認めて、笑いかける。そんなヤツだったよ、ジンは。なっ、栖川よ」

「いいヤツだった」と応じた栖川さんが、もう一言付け加える。

「すごい男だった」

八年前、ジンさんのことを時事ネタとして書き殴った人達は、きっと自分が書いた言葉なんかすっかり忘れて、今日もまた新しい時事ネタに食いついているんだろう。

でも、心ない言葉を浴びせかけられた側は忘れない。忘れたくても忘れられないのだ。一つ一つが傷となり、今もなお何かの拍子で血が噴き出してくる。

僕だったら、きっと人間が怖くなる。嫌になる。いや、きっと槇乃さん達だってそうだったろう。それでも本を介して「ようこそ」とまた人間を受け入れようとしてきたのだ。

静佳さんは、湯呑みをかたむけて最後の一口を飲み干し、スツールからおりる。『野原町国道史』の代金をきっちりバーカウンターに置くと、ウィッグと眼鏡をつけ直して頭を下げた。

「ありがとう。私を楽にしてくれる本、買わせていただきます」

「毎度ありがとうございます。静佳さん、いつになってもかまいません。今度は、大谷さんと二人で〈金曜堂〉にいらしてください」

「え？」と首をかしげた静佳さんに、槙乃さんは親指を他の四本の指でくるんだ拳を突き出してみせる。

「私、大谷さんに一発《おともだちパンチ》をお見舞いしますから」

《世界に調和がもたらされ、我々は今少しだけ美しきものを保ち得る。》と『夜は短し歩けよ乙女』の作中で説明されている必殺技名を口にした槙乃さんに対し、静佳さんはおちょぼ口を縦にひらくようにして笑う。

「絶対、連れてくるわ。待っといて」

関西のイントネーションが似合う静佳さんの笑顔は、掛値なしで乙女のそれだった。

＊

〈金曜堂〉にふたたび日常が戻ってきた。僕の大学はまだ休みだが、野原高生達は新学期を迎え、ついでに夏休み明けの課題考査なんてテストも控えているらしく、単語帳を持って跨線橋を渡っていく姿が見受けられた。

栖川さんが買い出しに出かけている間、喫茶スペースの番を言いつかった僕がテーブル席のグラスを片付けていると、自動ドアがひらき日刊ホットを小脇に挟んだ老人が入ってくる。

「いらっしゃいませ」と声をかけてから、僕は老人のかぶった登山用のキャップに見覚えがあることに気づいた。たしか以前、〈クニット〉で隣り合った老人だ。

老人も僕のことがうっすら記憶にあるのか「よっ」と親しげに手をあげ、カウンターに向かう。

「コーヒーもらえるか？」

「申しわけありません。今、担当が買い出し中で。もうすぐ戻ります」

「あそ？　じゃ、待ってるわ。どうせ急ぎの用もないし」

あわててバーカウンターの中に入った僕が、おぼつかない手つきで水の入ったグラスを差し出すと、老人はお猪口《ちょこ》を傾けるように、ちびちび飲んだ。

目の前でひらかれた日刊ホットの一面に、『大谷逮捕』の文字が大きく出ている。複数の違法取引や不正受給に直接関与した証拠があがってきたため身柄送検の上、起訴も間違いないだろうという話だ。

僕の視線に気づいたのか、老人は日刊ホットをカウンターの上に広げ、「正矩なあ」と顔をくしゃっと歪めた。そういえば大谷議員を名前で呼ぶ同級生の間柄だっけと、僕が思い出している間に、老人はノックするように記事を拳で軽く叩く。

「まさか女房にとどめを刺されちまうとはなあ」

証拠が他ならぬ大谷議員の妻から提出されたことが、この間から世間を大きく騒がせていた。

「議員も辞めて、女房とも離婚してだと、もう野原町に帰ってくるしかねぇぞ」

「奥さんとは離婚なんてしませんよ」

僕が新聞を覗き込みながら言うと、老人は目をぱちくりとさせる。

「そうなのか？」

「はい。むしろ、彼は奥さんに感謝しているはずです」

あの日、静佳さんは〈金曜堂〉を去ったその足で、大谷議員の罪が確定する証拠の品を警察に持っていったらしい。後日、店にくれた電話で、その証拠の品はジンさんの文庫本『夜は短し歩けよ乙女』といっしょに保管されていたと、静佳さん自身が教えてくれた。つまり、〈金曜堂〉に本を返しにいけというのは、大谷議員のすべてを覚悟した上での指示だったのだ。この辺でとどめを刺されたかったのだろう。他ならぬ静佳さんが刺してくれたなら、人生の夜も歩きつづけられると思ったのかもしれない。

僕は紙面の下の方に小さく載っていた記事を読み、自分のその想像に確信を得る。思わず笑みが漏れていたらしい。老人が身を乗り出した。

「何だ？　何だ？　面白いことでも書いてあったか？」

そこには、入院先からの身柄の移送に際し、大谷議員が妻に送った言葉と、妻の返答があった。

「《人事を尽くして、天命をまて。》か。正矩らしい言葉だな。——でも、待てよ。女房の返答は何だ？　変じゃねぇか？」

「《こうして出逢《であ》ったのも、何かの御縁。》ですか？　別に変じゃありません。二人の言葉は、実はある本に出てくる文章なんです」

僕は食器棚と酒棚の横にある本棚から『夜は短し歩けよ乙女』を取り出して、老人にそれぞれのページを見せた。

「お二人にとって大事な本からの引用です。記者は気づかなかったようですけど」

「へえ。夫婦の暗号みたいなもんか。相変わらず正矩はしゃれてやがる」

「はい。しゃれてるし、オモロいです」

僕がうなずくと、老人は少し元気を取り戻したようだ。下から覗き込んで表紙を確認し、

「何かずいぶん汚れてんなあ、その本」と素直な感想を述べる。

「ちょっと、いろいろあった本で。ビニールカバーをかけさせていただいてます」

僕はそっと本をとじた。老人はぐるりと店内を見回す。

「しかし面白いね、ここの本屋は。俺はあんまり本も読まねぇし、駅も利用しないから来たことがなかったが、バーカウンターの中にも本棚があんのか？」

「はい。ただ、ここに収められているのは売り物ではなく、喫茶のお客様に店内読書用として貸し出す本達です」

「中古か。だから、さっきのもちょっと汚れてたんだな」

そう。ここの書棚にある本はすべて中古だ。すべてジンさんが読んで、気に入って、彼の本棚に並べた本達だ。ジンさんの両親が中傷に耐えきれず遠くの町に引っ越す際、家業だった書店の本と共に〈金曜堂〉――という本屋を仲間とやると宣言した栖川さん――が譲り受けたものだった。

僕がそれを知ったのは、静佳さんから返された『夜は短し歩けよ乙女』を、槇乃さんが迷いなくこの書棚にしまおうとした時だ。

――おい、南。それもここに並べるのか？

ヤスさんのあわてふためく声に、槇乃さんはいったん手を止めたものの、こくんとうなずいた。

――五十貝くんのご家族は、他の本と同じく私達に持っていてほしいそうだよ。仲間のひらいた本屋に、自分の愛読書の詰まった本棚があって、仲間がお客様達とにぎやかにしていれば、五十貝くんの魂がいつだって戻ってこられるって言ったの、栖川くんでしょう？　ヤスくんもそいつはいい、ジンの本棚はバーカウンターの中に置こうって賛成したじゃない？

そういうわけで今、ジンさんの最後の読書となった『夜は短し歩けよ乙女』も――ビニールカバーがかけられているものの――他の蔵書と変わりなく書棚に並んでいた。

僕は老人のグラスに水を注ぎ足しながら、聞いてみる。

「今日はたまたま駅に用事があったんですか？」

「いいや。〈クニット〉の奥さんに紹介されたんだ。『面白い本屋だから行ってみたら？別に読みたい本がなくても楽しいですよ』って。だがなあ、やっぱり本屋に来て、読みたい本がねぇっていうのは――」

「店長に探してもらいましょうか？」

僕はカウンターを挟んで前に座る老人に微笑んだ。

「ええっ？　俺の読みたい本を見つけてくれるんか？」

「きっと」

僕はジンさんの愛した本達の重みを背中に感じながら、「南店長」とレジカウンターの槙乃さんに声をかける。

「こちらのお客様が本をお探しです」

「わかりました」

槙乃さんが小走りでやって来る。絶望を越えてゆく祈りのこもった挨拶が響いた。

「〈金曜堂〉へようこそーっ」

今日も僕らは、ここで生きている。

第4話

君への扉

野原駅で下り電車をおりた僕の目の前で、女子高生達が叫んでいた。

「今日はいますかー？」

何事かと彼女達の視線を辿《たど》れば、線路を挟んだ3番線ホームに駅長の後ろ姿がある。彼が振り返り、両手で頭の上に○を作ると、女子高生達はきゃっきゃとはしゃいだ。

「そっちのホームに行っていいですかー？」

「いいけど、上り電車に乗り遅れないようにねー」

「はーい」

女子高生達はぱたぱたと軽い足音を立てて、跨線橋《こせんきょう》を駆けあがっていく。見送っていた僕の後ろから、低い声がした。

「猫ですよ」

「はい？」

振り返ると、大きなチューバケースを背負った女子高生が立っていた。たしか〈金曜堂〉によく立ち寄ってくれる生徒のうちの一人だ。

「二週間くらい前――夏休みが終わって、新学期がはじまった頃かな。一匹の野良猫があそこの空き地に現れて、そのうち3番線ホームにあがってくるようになったんです。駅長さんがエサをあげるせいか、近頃ますます駅ネコになってきたみたい」

「そうなんだ。全然知らなかったな。あ、見に行かなくていいんですか？」

僕が3番線ホームを指さすと、耳の下で髪を二つに結んだ少女は、かぶりを振った。

「行きません。チューバが重いし、もうすぐ電車来るし、それに――」

唇を噛《か》んでしばらく迷っていたが、ぱっと顔をあげると一息に言い切る。

「わたしは、書店員さんに聞きたいことがあるのでっ」

「な、何？」

――まさかの告白？

たちまち眼鏡が曇る僕に、チューバ女子高生は尋ねたものだ。

「〈金曜堂〉の『金曜堂的夏のすすめフェア』って、いつまでやってるんですか？」

「――は？」

僕は曇った眼鏡を押し上げる。チューバ女子高生はにこりともしないでつづけた。

「アレって夏休みの読書のためのフェアですよね？　新学期がはじまってもうだいぶ経《た》つのに、全然片付ける気配がないから、気になっちゃって」

「すみません」

僕はしおしおと眼鏡をかけ直し、頭を下げる。痛いところを突かれて、無意識にみぞおちに手を置いてしまった。女子高生は気まずくなったのか、石蹴りでもするように片足をスイングさせる。その動きに合わせ、背中のチューバケースが跳ね上がる。

「以前にやったハードボイルドフェアとか、とてもよかったので。また何か新しいフェアで、わたしの知らないジャンルや本を教えてもらえたらいいなって」

「あ――はい。ご意見ありがとうございます。検討させていただきます」

僕がもう一度頭を下げたところで、上り電車到着のアナウンスが入った。3番線ホームで猫と戯れていた女子高生達があわてて走り出すのを横目に見ながら、僕はチューバ女子高生に会釈して別れる。

跨線橋に向かって歩きながら、眼鏡を押し上げた。

――ハードボイルドフェアは、たしか五月だったな。

ほんの四ヶ月ちょっと前なのに、ずいぶん昔に思える。

その日のバイト上がり、ヤスさんに誘われて〈焼き肉アリヨシ亭〉に行った。

割引チケットの分厚い束をシャツの胸ポケットにねじこんだヤスさんが、中ジョッキを、僕と栖川さんのグラスに乱暴にぶつける。

「はい、カンパイっと。夏に焼き肉食いに来て、何でビール飲まねぇんだよコラ」

「すみません。僕、お酒弱くて――」

「個人の自由。そもそも、もう九月。暦の上ではとっくに秋だ」

サイダーのグラスをおさえて僕が恐縮する一方、栖川さんは涼しい顔でモヒートのグラスを傾けた。ヤスさんは低い声でうなり、チョレギサラダをもしゃもしゃ頰ばる。

「男だらけの肉会ですね」

僕がそう言うと、ヤスさんがさっと目を逸《そ》らした。栖川さんは表情を変えず、おしぼりを揉《も》んでいる。僕は四人掛けのボックス席にぽかりと空いた一人分の席を見つめ、眼鏡の縁に触れた。

槇乃さんがここにいれば、ヤスさんのビールに付き合ってあげるだろう。そしてほんの一杯で陽気に酔っ払って、瞳が潤んで、会の途中で船を漕《こ》ぐのだ。そんなアフターファイブ——ファイブじゃないけど——の無防備な槇乃さんに最近とんとお目にかかれていない。

「今日、〈金曜堂〉はいつまで夏フェアをつづけるのかと、駅で会ったお客様に聞かれました。——南店長は、どうするつもりなんでしょう?」

僕の質問を宙ぶらりんにしたまま、栖川さんは三枚の小皿に淡々とタレを注ぐ。ヤスさんの視線は別の話題を探して露骨にさまよい、空席に置かれた僕のデイパックのポケットで留まった。突っ込んであったソフトカバーの単行本を、すいっと抜き取る。

「おぅ。坊っちゃんバイトは今、何読んでんだ? ブックカバーをはずしてもいいか?」

許可を取ってくれるんだ? と僕はヤスさんの紳士な一面に驚きつつ、「どうぞ」とうなずく。ヤスさんはちょうど歩いてきた店員にビールのおかわりを頼むと、丁寧に〈金曜堂〉のブックカバーをはずし、「おっ」と声をあげた。

「ハインラインの『夏への扉』じゃねぇか！　坊っちゃんバイト、SF読むのかよ」

「いや、僕、自分の好きなジャンルもまだよくわからないんで。この本は在庫整理の時に、たまたま見つけて――表紙の猫がかわいいし、帯に《オールタイムベスト1位》って書いてあるし、読んでみようかと」

栖川さんが青い目を細めて、息を吸うように笑った。

「新訳の表紙の猫は、顔を向けてる」

「お、本当だ。福島正実の訳したハヤカワ文庫の表紙は、猫の頭しか見えねぇもんな。あれはあれで、かわいいぞ。ま、ウサギのかわいさには劣るが」

ヤスさんがそのまま我が子（ウサギ）自慢に入ろうとするので、僕はあわてて口を挟む。

「やっぱり、みなさんも読んでいましたか。〈金曜日の読書会〉の課題図書とかで？」

「いや――たしか課題図書になったことはないぞ。なあ？　栖川よ」

「うん」

ヤスさんと栖川さんの目線がすいっとそれる。僕が首をかしげると、ヤスさんは気まずそうに金髪の角刈りを掻《か》いた。

「いつか読もうとは思ってる。ただ、高校の時によぉ、バカなクラスメイトが『この名作をオマージュして、ほにゃららの映画が作られたと思われ、その証拠にうんたらかんたらが作中に登場する』とか何とか、こっちが聞きもしねーうちから、ぺらっぺらネタバレしやがって、それでもう読む気が失《う》せたっつーか」

「折々目にはしたが、縁のないまま、ここまで来た」

ヤスさんと栖川さん、それぞれ長短の言い分があるものの、要は二人とも読んでいないらしい。僕は絶対に最後まで読み通そうと、ひそかに決意した。

ヤスさんのビールのおかわりと共に、大皿が運ばれてくる。

「黒毛和牛カルビ、特選ロース、牛上ミノ、豚トロネギ塩仕立て、魚介プレート、野菜の盛り合わせ、お待ちどおさまでーす」

「おう、食おうぜ。さあさあ」

ヤスさんはトングをつかみ、網の上に肉を放り投げるように置いていった。

その後、飲み食いしながらヤスさんが〈金曜堂〉の次のフェアについてアイデアを話してくれたが、槙乃さんがいないと『秋の夜長に大長編読破フェア』も『暑さでゆるんだ脳ミソに直撃！　新本格推理フェア』も『旅に出たくなる、鉄道しばりフェア』も具体的な本のタイトルまでふくらんでいかず、尻すぼみに終わってしまう。

ロースとカルビを何皿かおかわりして、みんなの箸の動きが鈍くなってきた頃、栖川さんが唐突に口をひらいた。

「『トムは真夜中の庭で』、『アヒルと鴨《かも》のコインロッカー』、『ちんちん電車』」

「本の──タイトルですか？」

僕が自信のないまま聞くと、栖川さんはうなずき、キムチののった冷奴《ひややっこ》を取り箸できれいに切り分ける。また本のつながり探しか？　と身構える僕の前に、三等分した冷奴の小皿を置いてくれた。

「最近、南が読んでた本」

「へー。ピアスに伊坂《いさか》に獅子《しし》文六《ぶんろく》かよ。相変わらず、南はいろいろ読んでんなあ」

四杯目のビールを待ちわびて気もそぞろなヤスさんが、相づちを打つ。栖川さんはヤスさんにも冷奴の小皿を渡し、切れ長の青い目を光らせた。

「全部、再読だ」

「──そうなんか？」

「全部、ジンが生きていた頃に、南が読んでいた本だ」

一瞬でしずまりかえる僕らのテーブルに、愛想のいいアルバイト店員の明るい声が釘《くぎ》を打ち込むように響いた。

「生中《なまちゅう》一つ、おかわりお持ちしましたー。あ、空いたお皿片付けますね」

しゅわしゅわ泡の弾《はじ》けるビールを眺めながら、店員が空いた大皿を器用に重ねて去っていくのを待って、ヤスさんがうめく。

「新刊は？　ほら、南の好きな作家の新刊がそろそろ──」

一先遁出た。《金曜堂》でも仕入れた。でも、南は買ってない。他の店や電子書籍で買って、読んでいる気配もない」

　栖川さんは首を横に振って、網の上で焦げすぎていた肉、魚介、野菜を手早く皿に取って、火をとめた。ヤスさんがビールをぐびりと飲んで、奥まった目をみひらく。

「どんだけ南を観察してるんだ？　栖川よ、おまえは探偵かっ」

「慎重にもなる。観察もしてしまう。最近の南は、少し変だ」

　栖川さんのその言葉に、僕も勢いよくうなずいた。

「そうですよ！　変ですよ！　飲みに誘っても全然付き合ってくれないし、フェアを考えているそぶりも見えないし、仕事は普通にしてますけど、普通すぎて、逆に変です。南店長らしさがないっていうか——」

「変、変って、おまえら連呼しすぎだコラ」

　ヤスさんが鼻白むのもかまわず、栖川さんはテーブルにこぼれたタレや肉汁をおしぼりで拭きながら、淡々とつづける。

「僕とヤスとさりげなく距離を取る。作り笑顔を貼り付けて、いつも通りの日を過ごす。全部、八年前と同じ。この間の『夜は短し歩けよ乙女』の一件で、南の心は、本人も知らないうちに時を遡ってしまった」

　八年前——言うまでもなく、ジンさんが殺された後の日々を指しているのだろう。

「でも、あの場では、すごく吹っ切れた感じで――」

「大谷静佳のためにも、自分のためにも、そうしたいと思ったんだろうな。ただ、頭に理解させたことを心と体も揃《そろ》って納得できるかって言ったら、そりゃまた別の話だろ？　本人がどこまで気づいてるか知らねーけど、南はジンを失った悲しみから立ち直っちゃいないよ、まだ全然」

ヤスさんは早口でまくしたてると、ビールをあおった。苦い顔をして、つぶやく。

「ま、〈金曜堂〉のせいだろな」

「なぜですか」

「ジンを失ってから日に日にしなびていく南を見ているのがつらくて、ジンにつづいて南まで失うことが怖くて、俺は辛抱できずに〈金曜堂〉を作っちまった。南に仕事と場所を与えることで、あいつが痛みと向き合って、傷を癒やす機会を奪っちまった」

「それは結果論。あの時はあれが、南を助ける最善の策だった」

栖川さんが自分に言い聞かすように、ゆっくり言った。ヤスさんは「だな」と栖川さんにうなずく。そして炭火の煙が晴れていく中、血走った目で僕を睨《にら》み据えた。

「でも実際、南の心は八年前まで時を遡ってしまってる。まずい事態だ。〈金曜堂〉をもう一軒作るわけにもいかねーし。そんな目くらましみたいなこと、もうやりたくねーし。どうするよ、坊っちゃんバイト？」

「僕——ですか?」

「俺と栖川を見ると、南はどうしたってジンのことを思い出してつらくなんだよ。ってことで、頼りはおまえしかいねーぞコラ。フレッシュな風を吹き込みやがれ」

ヤスさんの絡み酒をいなしきれずに、僕はキムチのせ冷奴を一口で頬ばり、むせた。

＊

「わ」と思わず声が出たのは、跨線橋に猫がいたからだ。

どうやら、あの3番線ホームの猫が階段を上がってきたらしい。僕がはじめて猫を見かけてから一週間、野原駅に馴染《なじ》むという点において猫は着実に進歩している。

一方男だらけの肉会から一週間、僕は八年前に凍りついたままの槙乃さんの心を何とかしようとおおいに奮闘してきた。表向きはヤスさんに頼まれたからだが、頼まれなくたってやっていたと思う。好きな人が翳《かげ》っていくのを放っておけるわけない。

バイトに入っている時間は仕事のことでわからないことはもちろん、わかっていることもあえて質問してみたり、バイトを上がれば毎日のように夜食や飲みに誘ってみたり、槙乃さんと同じ本を読んでみたり、自分がハマっているコミックスの話をしたり、しまいには半ばやけになって図々しく映画に誘ったりもした。ちょっと自分が自分じゃないくらい積極的に出てみたのだが、結果は惨敗。話しかけても話しかけても、心ここにあらずの相づちしかもらえず、誘いはすべてふんわり眉をさげ、「ごめんなさい」と蹴散らされた。

思わず、この一週間分の虚《むな》しさを込めたため息をついてしまう。猫はそんな僕をちらりと見上げ、うるさそうに尻尾《しっぽ》を振った。にじにじと尻を揺すって座り直し、エメラルドグリーンの丸い目で〈金曜堂〉の自動ドアを熱心に見つめる。せわしなく跨線橋を行き交う人間達と、微動だにしない猫。周りに別の時間軸が存在しているように、猫は神々しく目立っていた。

僕は読み終わったばかりの『夏への扉』の一節を思い出してしまう。この作品では、主人公の飼い猫ピートのいきいきとした描写が、大事なアクセントになっているのだ。

《人間用のドアの少なくともひとつは、夏の世界に通じているとピートは信じて疑わなかった。》

「夏への扉、探してる？　残念。ここは本への扉だよ」

僕が主人公のダニエルよろしく猫に話しかけていると、くだんの扉――〈金曜堂〉の自動ドア――がひらき、若い女性二人組が連れだって出てきた。

「よかったね。有休取って、遠くから来てみた甲斐《かい》があったね」

「うん。やっぱり辺境の店には残ってるもんだなあ」

僕の脇をすり抜け、猫のことも気に留めず、ホームにおりていく。彼女達の視線と関心は、一人の胸に抱かれた〈金曜堂〉の袋に注がれ、僕も猫もほとんど眼中に入っていないようだった。よほど大事な本が入っているのだろう。

僕は肩をすくめて自動ドアに歩み寄った。ドアがひらくと同時に、僕の足元をててっと走り抜ける影がある。ん？　と見下ろす間もなく、店内のレジカウンターから槇乃さんの声があがった。

「猫さん！」

あわてて視線を前にやると、〈金曜堂〉の狭い通路を、尻尾を揺らして走り回っている猫の姿がある。

店内にいたお客様達が呆気《あつけ》に取られる中、ヤスさんが角刈りの金髪を振り立てて、スツールから飛び降りた。両手を広げ、どたどたと足音を響かせ、正面から猫に迫る。

「ここは立ち入り禁止だコラ」

ヤスさんがいくらすごんでも、猫はびくともしない。むしろ好戦的な鳴き声を発し、平《ひら》積《づ》みにしてあった単行本の上に飛び乗った。頭を低くし、尻尾をふくらませる。喧嘩《けんか》上等の構えだ。尖《とが》った爪が、本の表紙にぐいぐい食い込んだ。

「あああ――バカ！　足をどけろ！　売り物に傷をつけるな！」

ヤスさんの悲鳴がこだまする中、猫はぽんぽんと本や雑誌を蹴り上げ、なぎ倒しながら移動し、喫茶スペースへと走り込んでいく。

スツールを飛び石にしてバーカウンターにあがったかと思うと、あっという間に厨房《ちゆうぼう》側におり、包丁を持ったまま固まっている栖川さんの前をさっと駆け抜けた。その際、まな板の上で切られていた分厚いハムを、ぬかりなく咥《くわ》えることも忘れない。

猫はその後、僕とヤスさんに追いかけまわされながら店内を逃げまわり、僕らの息が切れた頃ようやく、喫茶スペース側の自動ドアから入ってきたお客様の足元をすり抜けて外へ飛び出し、去っていった。

僕ら書店員は台風のような猫を呆然《ぼうぜん》と見送った後、崩れた本の山を元通りに積み直し、表紙やページに傷がついた本はバックヤードにさげた。傷モノは商品にできないし、返品《へんぴん》することも叶《かな》わない。僕がうかつに自動ドアをあけてしまったことからはじまった騒動だけに、責任を感じて槇乃さんに詫《わ》びにいった。

レジカウンターにお客様がいなくなったタイミングで、声をかける。

「さっきは、すみませんでした。僕がうっかり自動ドアを――」

「野原駅に住みついた猫さんって、あの子ですか。はじめてちゃんと見られました」

槇乃さんは頰をうっすら上気させて、微笑《ほほえ》んだ。

「すごく活発な猫さんでしたね」

「はい、驚くほど。新刊を何冊かダメにしてしまいました。申しわけありません」

「倉井くんが謝らなくていいですよ」

槙乃さんは目をくりっとさせて、親指を立てる。「ただ」と眉を少し下げた。

「申しわけないけど、猫さんは今後、出禁《できん》とさせてもらいましょう」

「わかりました。出入りの際は気をつけます」

僕はうなずく。そしてレジに近づいてきたお客様の気配を察して、さっと前を向いた。たとえその会話内容が仕事のことであっても、店員同士がお喋《しゃべ》りをしているのを見て、よい印象を抱くお客様は少ないだろうから。


レジカウンターの前に立ったお客様は、野原高校の夏服を着た女子高生だった。

生徒総数三千人超えのこのマンモス高校がなくなれば、野原駅は衰退の一歩を辿ると言われて久しい。野原駅の駅ナカ書店〈金曜堂〉でも、フェアや仕入れを考える時のメインターゲットに据えている客層だった。

女子高生は僕の顔をちらりと見て、頬を赤らめる。僕から隠すように体の向きを変え、槇乃さんに注文票の控えらしきものを差し出した。

「あの、注文していた本が来たって、連絡もらって――」

「そうですか。ご来店ありがとうございます」

槇乃さんが頭を下げると、女子高生も同じようにお辞儀する。

「すぐ来たかったんですけど、風邪引いて学校を休んでて――でも、取り置き期間の一週間以内には絶対行かなきゃって、がんばって治して、今日やっと来られました」

「それはそれは。大変でしたね。今後はお電話くだされば、融通利かせますよ」

槇乃さんは心細げな女子高生にふわりと笑いかけると、注文票控えを持って「少々お待ちください」とバックヤードに消えた。

お客様が注文した本は、在庫状況や出版社によっても違うが、だいたい店に届くまで十日前後かかる。ネット書店が当日に発送してくれることを思えば、気の遠くなる悠長さだ。そんな世の中になっても、あえて町の本屋さんで注文してくれるお客様にはとりわけ感謝しなくちゃと槇乃さんはいつも言っているし、僕もそう思う。

だから、いつもよりずいぶん時間をかけてバックヤードから出てきた槇乃さんが、髪を乱して青い顔をしているのを見ても、槇乃さんの次の言葉を予想できなかった。

「申しわけございません。お客様の注文書籍、私の手違いで販売してしまいました」

「嘘でしょ――」

女子高生の足元がふらついたので、僕はあわててレジカウンターから手を差し出す。

「販売って、もう売れちゃったってことですか?」

「確認したところ、ついさっき――申しわけございません。すぐに手配し直して――」

「無理ですよ」

槇乃さんの声を遮るように、女子高生は悲鳴をあげた。

―イベント参加抽選券は、ファンブックの初版特典なんです。もう初版分は売り切れたって、一昨日ホームページに出ていました」

　女子高生はすっかり落ち着きをなくし、羞恥心《しゅうちしん》なんてどこかに飛んでいってしまったようだ。僕の方は見向きもせず、客注したアニメのファンブックのタイトルを連呼した。もちろん中身も楽しみにしていたが、アニメ声優が勢揃いする特典イベントの参加抽選券という特典こそが、購買意欲の九割を担っていたらしい。

「すぐに売り切れちゃうに決まってるから、ちゃんと予約してたのに。〈金曜堂〉の書店員さんなら間違いないって、安心してたのに――」

　女子高生のただならぬ震え声と雰囲気に、ヤスさんが喫茶スペースから駆けつける。バーカウンターの中から、栖川さんも心配そうに見ていた。

　それから僕が他の接客やレジを担当し、槙乃さんとヤスさんは手を尽くして方々にくだんのファンブックの初版の在庫がないか聞いてまわったが、どの書店もやはり売り切れた後だった。女子高生は目の前でどうにもならないことをダメ押しされた形となり、ついに泣きだす。騒ぎの大きさに、店内にいるお客様もざわめきだした。

　僕ら書店員は――バーカウンターから栖川さんも駆けつけ――四人並んで、女子高生に頭を下げる。もう謝ることしかできない。女子高生は僕らを一言も責めず、ただただ泣いていた。居丈高になって怒鳴り散らされるのもつらいけど、泣かれると、お客様がどれだけ〈金曜堂〉を信用してくれていたかが痛いほど伝わってきて、たまらない。特に、客注品をうっかり販売してしまった当人である槇乃さんの横顔は、紙よりも白くなっていた。

「取り乱して、すみませんでした」

女子高生は最後に謝ってくれさえした。僕らが恐縮しきったのは、言うまでもない。ただ、槇乃さんが再度ファンブックを取り寄せましょうと申し出ると、女子高生ははっきり首を横に振った。「もう結構です」と。

何も買わずに――いや、買えずに帰っていく女子高生の背中を見送りながら、槇乃さんがぽつりとつぶやく。

「彼女は、二度とウチには来ないでしょうね」

「そんなこと――」

ない、と言いかけて、僕は口をとざす。断言できないことを口にする雰囲気ではなかった。槇乃さんはそんな僕、ヤスさん、栖川さんを順番に見て、小さく息をつく。

「〈金曜堂〉は大事なお客様を一人失いました。私のせいです」

「人間だから、間違う時もある」

栖川さんの美声で言われると、使い古された言葉も妙な説得力を帯びた。槇乃さんもつられたようにうなずく。そこに救いを見出《みいだ》したのか、ヤスさんが声を張り上げた。

「おぅ、そうだぞ。明日から、またみんなで仕切り直しだコラ」

「あ、僕、バックヤードの棚を片付けてきます。整理して、客注の本とフロアに出す待機本の違いを、もっとわかりやすくしましょう」

僕も精一杯考えて、自分ができることを提案してみる。

槇乃さんは僕らにぺこっと頭を下げ、やっと小さく笑ってくれた。

その笑顔に、僕は心底ほっとしていたのだけれど——。


数日後、日刊ホットの藪北勝《やぶきたまさる》記者から電話があった。藪北さんは以前、〈金曜堂〉と浅からぬ縁で結ばれたことのあるお客様の一人だ。

——もしもし。そっちに明日発売の週刊ウィンドは届いてます？

たまたまバックヤードにいて電話を取った僕は、久しぶりに聞いた藪北さんの声にまず驚く。

「あ、お久しぶりです。バイトの倉井です。ウィンドはまだ届いてないですけど——何か？」

藪北さんは電話口で「ふうーむ」と気の抜けた声を発した。薄い髪がぺたっと貼りついた頭部やへらりと笑うくたびれた顔が、よみがえってくる。

——偶然、早刷《はやず》りを目にする機会があったんですが、今週の週刊ウィンドに〈金曜堂〉の紹介記事が載ってるんですよ。

「へー。あ、もしかして例の『読みたい本が見つかる本屋』って噂絡《うわさがら》みで？」

僕の声がのんきに弾んだことに気づいたのか、藪北さんはことさら声を低めた。

――まあ、そのことも書いてあるにはあるんですけど、本題は違っていてね。

藪北さんは言葉を探しながら、慎重に事実を伝えてくれる。

――「ネットで噂のカリスマ書店に潜入！」と煽《あお》り、〈金曜堂〉がどれだけ「すごい書店」なのかを書き連ねておいて、「実は」と悪口で落とす。そんな感じの意地悪な記事です。

「悪口って――何が書かれているんです？」

――うーん。気に入らない客を「出ていけ」と追い出したり、客注の品を取りに来るのが遅いと独断で販売してしまったりといった、横暴な振る舞いが目立つ、とか。

僕は額が冷たくなるのを感じる。

「ひどい。そんなこと――」

――もちろん事実がねじ曲げられているって、私にはわかりますよ。なんせ書いたのは、松元令佳《まつもとれいか》だからね。

「まつもと――？」

――南店長が追い払った女性記者ですよ。ほら、私も店にいた時に、一悶着《ひともんちゃく》あったでしょう？

僕の耳の中に雨音が響いてくる。あれはほんの三ヶ月前、ヤスさんを守るために、槇乃さんが僕や栖川さん、〈金曜堂〉という店までも全部その小さな背中に庇《かば》って、しずかに戦ってくれたことがあった。

「和久興業と大谷議員の件にも言及してるんですか？」

——そこには触れていません。大谷が逮捕された今、エサにならないと判断したんでしょう。

マスコミ業界の真ん中にいる藪北さんの「エサ」という言い方に、胸の底がひやっとする。僕が黙り込むと、藪北さんは咳払《せきばら》いしてつづけた。

——その代わり五十貝迅という青年と〈金曜堂〉のかかわりについて、書いてありました。倉井くんは知ってるかな？　たしかもう八年くらい前の——。

「知ってます」

僕の返事が早すぎたのか、藪北さんは一瞬息をつまらせ、また口をひらいた。

——記事の質は非常に悪いです。あの五十貝迅の関係者が経営している書店であれば、客を客とも思わない横柄な態度もむべなるかな、とか何とか。不遜な独断を並べたてた、バカバカしくて下品な記事ですよ。だけどね、それゆえ響くんだ。漠然と不満を抱き、叩《たた》く相手を探している人達にね。

「ひどい」

僕はバカみたいに同じ言葉を繰り返した。仮にも記者を名乗る人間が、詳細を調べぬまま〈金曜堂〉や〈金曜堂〉の書店員をけなすだけに留《とど》まらず、やっと沈静化した八年前の騒ぎを蒸し返し、ふたたびジンさんの尊厳まで踏みにじっているなんて、信じたくなかった。

「そんなひどいこと、何で──」

グレーのレインコートから雨水を垂らし、目に挑戦的な光を宿していた女性記者の顔を、僕はぼんやり思い出す。あの時、僕ら書店員だけでなく、お客様としてその場にいた藪北さんにまでやり込められ、最後はずいぶん悔しそうな顔をして店を出て行った。以来、松元令佳という名のあの記者は窺《うかが》っていたのかもしれない。自分に恥をかかせた〈金曜堂〉を、店長の槙乃さんを、ばっさり斬りつける機会を。そういう人間にとって事実か事実でないかは問題ではなく、機会がすべてだったりするのではないだろうか。

とにかく彼女は機会を見つけ、ためらいなく凶器を振るった。言葉という凶器を。

槙乃さんが殺される。僕は本気でそう思った。身震いして、受話器を握りしめる。

「藪北さん、何とかならないんですか？　記事の差し止めとか、雑誌の回収とか」

──それは無理でしょう。編集部や記事を書いた記者を訴えることはできます。ただ、世間の目に触れた後になりますが。

「それじゃ意味がない！」

僕は荒い息をついた。槇乃さんの目に触れてからでは遅いのだ。

切ったばかりの電話を見つめていた僕の背後で、バックヤードのドアがひらく。

「おい、入荷だ。手伝え」

ヤスさんの威勢のいい声がぽんぽんかかり、あわてて駆け寄った僕の手にずっしり重い段ボールが渡された。

全部で四箱にもなる本や雑誌を二人でバックヤードに運び入れ、積み上げる。ヤスさんは一息つく間もなく、「時間あるなら、解荷《かいか》よろしくな」と僕に頼むと、自分は受取伝票にサインをしに出て行ってしまった。声をかける間もなかった。

僕は段ボールの山の前で、唾をのむ。この中に、週刊ウィンドが確実に入っている。エプロンのポケットに入れっぱなしになっている大きなカッターで、慎重に段ボールをあけていく。四箱のうち、書籍とコミックスが詰まっていたのが二箱、雑誌のみが一箱、最後の一箱はコミックスと雑誌だった。僕はまず雑誌だけの段ボールの中身を確認する。そしてティーン向けのファッション誌の間に、週刊ウィンドを見つけた。ぞわりと鳥肌が立つ。とても中身を読む気になれず、〈金曜堂〉の棚に並べる気にもならなかった。

——ヤスさんに相談してみよう。

僕はオーナーの姿を探して、バックヤードのドアを細めにあける。あいにく接客中だった。ならば栖川さんに、と喫茶スペースに視線を投げたが、こちらも忙しそうだ。

ドアをしめて、僕は「困ったな」と声に出してつぶやきながら、ふたたび段ボールの中の週刊ウィンドと向き合った。高校生向けの雑誌ではないので、もともと仕入れ冊数は多くない。僕が全部で五冊ほどのそれを抜き出し、全部買い取るといくらになるのか計算していると、バックヤードのドアがいきなりあいた。背後から外の光にさっと照らされ、僕は思わず持っていた五冊すべてをエプロンの下に隠してしまう。

「倉井くん、どうかしました？」

槇乃さんの声がかかった。

「え、いえ、何でも。何もないです」

「解荷作業中でした？」と槇乃さんが段ボールに注意を向けている間に、僕は背を向けたままじりじりとカニ歩きで備品ロッカーに近づき、五冊を手近な棚に押し込む。槇乃さんが何の心の準備もないままこの雑誌を目にしてしまう事態だけは避けたいと、必死だった。

槇乃さんがこちらを向く気配を感じ、あわててロッカーの扉を閉じる。

「み、南店長は？　ここで何か作業されます？　僕、退《ど》きましょうか？」

「私はちょっと在庫確認。地下書庫にいってきます。倉井くん、悪いけどその間だけちょっと、レジにいてもらえますか？」

「あ——はい。もちろん。喜んで」

僕は備品ロッカーに隠した雑誌が気になりつつも、バックヤードを出た。

本当はすぐにでもヤスさんか栖川さんに話を聞いてもらいたかったが、ちょうど上り電車の到着と野原高校の下校時刻が重なって、店内は混み合っている。まずは目の前の仕事をこなそうと忙しくしている間に、時間がまたたく間に過ぎていった。

その忙しさの中、バックヤードのドアの向こうから電話の呼び出し音がやけに聞こえてくるなあ、とうっすら思っていた。「うるさい」と意識するまでもなくしずかになり、でもまたしばらくするとベルの音で鼓膜が震えていることに気づく、の繰り返し。遠いさざ波のようで、接客のつづく僕は違和感を覚える余裕がなかった。「いったい何件電話がかかってきてるんだ？　おかしくないか？」とふと周りを見回したのは、おそらく三十分以上経ってからだ。同時に、槇乃さんがまだフロアに戻ってきていないことにも気づいた。

嫌な予感で、暑さとは違う汗が背中をつたう。

お客様が途切れるのを待ちかねて、僕がバックヤードのドアをあけると、ちょうどまた電話が鳴り出したところだった。

すっと白い腕が上がる。槇乃さんだ。僕の方はいっさい見ないまま、電話を取った。

「はい。〈金曜堂〉でございます」

横顔を僕に見せたまま槇乃さんは黙り込む。電話口から、低いのか高いのか、男なのか女なのか、わからない声が響いている。受話器を握る力が強すぎるのか、槇乃さんの爪先は白くなっていた。

「――嫌です」

口を潰したホースから水が迸《ほとばし》るように、槙乃さんの声が出た。そのままつづく。

「何度言われても、謝りません。謝ることはできません」

「南店長？」

僕はたまらず声をかけたが、槙乃さんはこちらを見ようともしなかった。

「なぜって、五十貝くんは悪くないからです。彼は被害者なんです。あの、もしもし？もしもし？」

電話は一方的に切られたらしい。槙乃さんは受話器を握ったまま、長いこと動かなかった。僕が声をかけるべきかどうか迷っていると、ぎぎぎ、と錆《さ》びついた音が聞こえてくるような動きで、受話器をぎこちなく指さした。

「いやはや、まいりました。さっきから、同じ人が何度もかけてきていて――八年前、日本国民の評判を落とした件で、五十貝くんの代わりに謝れ、って――」

ジンさんの名前が口にのぼった瞬間、槙乃さんの細い喉がひくつき、やわらかそうな唇が噛《か》まれる。うなだれ、いつもよりずっと小さくなった槙乃さんの肩は震えていて、こんな残暑の中とても寒そうで、僕はふいに抱きしめたくなる。強くかたく抱きしめて、槙乃さんを氷漬けにしている思い出をばりんと割ってしまいたくなる。でも、そんなことはとてもできない。ジンさんとの思い出を忘れたら、それはもう槇乃さんではなくなってしまうから。

——一体、どうしたら。

無力な自分の腕を、僕は何度も叩いた。

その時、荒い音を立てて、バックヤードのドアがひらかれる。ドアの木枠に両手を突っ張って立つヤスさんは、奥に引っ込んだ目で僕と槇乃さんの顔、そして槇乃さんが手に持ったままの受話器を順番に見つめ、最後に僕をもう一度見た。

「何があった？」

「明日発売の週刊ウィンドに〈金曜堂〉の記事が載っているそうです。そこに五十貝くんの名前も出ているみたいで、一足早く読んだ人から電話が——」

槇乃さんは言葉を途切れさせると、僕を見つめ、蜃気楼のような微笑みを浮かべる。

「倉井くん、配本されてきた週刊ウィンドはどこですか？　そこの段ボールの中になかったんですけど」

「あ——」

「私に読ませてください」

すっと差し出された掌《てのひら》は小さかった。それでもまだ動けずにいる僕に、ヤスさんが「倉井」と声をかける。僕はうなだれ、角張った動きで備品ロッカーに向かい、さっき夢中で隠してしまった五冊の週刊ウィンドを取り出した。

「申しわけありません。僕もさっき藪北さんからの電話で知って、それで——」

「隠して、どうするつもりだったんだ？」

ヤスさんの呆《あき》れ声に、僕は「申しわけありません」を繰り返す。

槇乃さんが僕の目の前で、手に取った週刊ウィンドをめくる。

くだんの記事まで来ると、槇乃さんの目の動きがゆっくりになった。読んでいる間、その表情は変わらない。後ろから覗《のぞ》き込んだヤスさんの顔はみるみる真っ赤になり、目が吊《つ》り上がったというのに。

「くっだらねえ！　こんな雑誌、俺が五冊とも買い取ってやる。並べる必要ねーぞ」

そう言って、週刊ウィンドを取り上げようとするヤスさんの手をかわすと、槇乃さんは首を横に振った。

「ダメだよ、ヤスくん。本屋は本を売らなくちゃ。どんな本も雑誌もコミックスも、読まれることを望んで作られているんだから」

槇乃さんはもう一度誌面に目を落とすと、唇を嚙みしめ、僕に雑誌を差し出した。

「陳列お願いできますか、倉井くん？」

「——はい」

槇乃さんの華奢《きゃしゃ》な手を見つめ、僕はうなずくことしかできない。雑誌を受け取る際、かすかに触れた指先はひんやり冷たかった。槇乃さんの顔がすぐ前にある。唇から漏れる息づかいが聞こえる。目も合っている。なのに、声も手も眼差《まなざ》しも何もかも、遠すぎた。

それじゃ、と小さく微笑んだまま槇乃さんがバックヤードを出ていく。ヤスさんに肩を叩かれたが、僕はドアを見つめたまま動けなかった。

＊

週刊ウィンドが全国の書店に並んだ数日後、沙織さんから電話がかかってきた。

ちょうど乗っていた電車が野原駅に着いたところだったので、僕は急いでホームにおりてスマホを耳にあてる。

沙織さんは、現在入院中の父さんの三番目の奥さんだ。この春、僕が広尾《ひろお》の実家を出るまで、四年近くいっしょに暮らしていた。少し過剰なくらいの女らしい見た目とは裏腹に、さばさばした明るい性格で、思春期真っ只中《ただなか》の男子としては、ずいぶん助かったものだ。

その沙織さんが、電話の向こうで開口一番こう言った。

——史弥くん、だいじょうぶなの？

何が？　ととぼける僕に、沙織さんは父さんが週刊ウィンドの記事を読んで、〈金曜堂〉ひいては僕を心配しているのだと明かし、もう一度同じ質問を投げかける。

「だいじょうぶだよ。もちろん。それより父さんこそだいじょうぶ？　具合はどう？　昨日はお見舞いに行けなくて、ごめん」

僕はそのままホームで、父さんの病状や僕の腹違いの妹にあたる三歳の双子ちゃんたちの様子や沙織さんのささやかな愚痴に耳をかたむけ、うなずいたり相づちを打ったりした。

沙織さんは最後の方はすっかり陽気になって、「じゃ、何かあったらすぐ言うのよ。つらい時は家族に頼るのよ」なんて僕を明るく勇気づけて電話を切る。

僕はスマホをポケットに入れ、向かいの3番線ホームをしばらく眺めていた。野原駅に居着いた、例の野良猫の姿を探したが、見当たらない。猫が見つからないせいか、沙織さんからの電話を無事やり過ごしたせいか、無意識に長いため息が漏れていた。

本当なら昨日はバイトが休みなので、東京にある父さんの入院先を見舞うつもりでいた。それが行けなくなったのは、今の〈金曜堂〉がバイトを休める状態ではないからだ。

つまり、本当はあまり「だいじょうぶ」ではなかった。

外はいまだ夏の名残の空気がでんと構えて動こうとしなかったが、〈金曜堂〉の中だけはすでに冬が来ていた。来る日も来る日も、どの扉をひらいても、雪に塗り込められた《コネチカットの一月》並みの冬だ。

親身になって心配してくれる身内からの電話でもうっすら疲弊するのに、ここのところ

〈金曜堂〉にかかってくるのは、怒り狂った見知らぬ人達からの電話ばかりだった。抗議や文句あるいはただの憂さ晴らしを一方的に拝聴しなければならないのは、ストレスがたまるし、第一、業務時間を奪われる。電話を切ってようやくフロアに出てみれば、本ではなく書店員の顔を見に来た冷やかしの客の応対で気力を削《そ》がれた。そのうち、ごく普通のお客様にさえ戦々恐々の接客になっている自分に気づいた時の、やりきれなさといったら。

冬の毎日を送りながら「絶対にどれかの扉は夏に通じている」と信じぬく猫のピートはすごい。ジンさんはピートみたいな人だったんじゃないかと、ふと考えたりする。

そんなとりとめのない思いから僕を引き戻すように、自動ドアがあいた。入ってきたのは、野原高校一年生の東膳紗世ちゃんだ。今の僕に夏を感じさせてくれる数少ないお客様の一人だった。

「いらっしゃいませ」

僕が紗世ちゃんに声をかける前に、槇乃さんのおだやかな挨拶が飛ぶ。紗世ちゃんは澄んだ目をみひらき、「あ、ども」とぴょこんと頭を下げた。驚いた子リスのような顔のまま、跳ねたくせ毛を揺らして、書棚を整理していた僕の横に走り寄ってくる。

「ねえねえ。今、南店長が『いらっしゃいませ』って」

ひそめた声が耳にくすぐったい。僕は紗世ちゃんから体を少し離して、うなずいた。

「――うん」

「『〈金曜堂〉へようこそーっ』じゃないの？」

「うん。最近はもっぱら『いらっしゃいませ』だね」

目を合わせようとしない僕の顔を、下から覗き込むと、紗世ちゃんは腕組みした。

「和久さんは？」

「各所へ謝罪の外回り。栖川さんは胃腸炎でお休み。必然的に、喫茶店は臨時休業中」

紗世ちゃんは心からの同情を込めたように、眉をわしゃっと寄せる。

「やっぱり大変なことになっちゃってるんですね、〈金曜堂〉。――南店長も？」

レジカウンターにいる槙乃さんを気にして、紗世ちゃんはちらちら横を見るが、槙乃さんの視線が飛んでくる恐れはないよと教えてあげたい。今の槙乃さんの目には何も映っていないよ、と。僕は槙乃さんが昨日、陳列作業の際に新刊のページで左の人差し指を切ったことを知っている。その切り傷の痛みを想像して、顔をしかめたりする。だけど、槙乃さんは僕を知らない。たとえば今日、髭《ひげ》を剃《そ》り忘れてきていることも気づかないだろう。僕がどんな状態で、どんな気持ちで、ここにいるのかなんて考えたこともないだろう。

僕はやるせなさを振り払うように顔を上げ、紗世ちゃんに問うた。

「週刊誌のこと、野原高でも噂になってる？」

「少しだけ。親の話やネットの噂から、興味を持って記事を読んだ子はいるみたい」

「東膳さんも？」

「わたしは読まない、週刊ウィンドなんてオジサン雑誌」

きっぱり言い切る口調に、紗世ちゃんなりの怒りを感じ、僕は救われた気分になる。

「ありがとう」

「え？　やだな。お礼なんて言われる覚えは――」

紗世ちゃんはスカーフ生地のヘアバンドをおさえ、きれいに並んだ前歯で下唇を噛んだ。そのまま ぐるりとフロアを見渡し、眉を寄せる。

「今、フェアは何もやってないの？」

僕は紗世ちゃんの目の動きをなぞり、「うん」とうなずいた。

「マドカが『金曜堂的夏のすすめフェア』がいつまでもつづいてるって、ずいぶん気にしてたよ。それはさすがに片付けたんだ」

「そう。ついこの間、やっと」

僕は自動ドアに近い書棚を見る。そこに『金曜堂的夏のすすめフェア』のラインナップとして置かれていた古今東西の本たちは、ちっとも腰の上がらない槙乃さんに代わって、ヤスさんと僕が撤収した。ごっそりスペースの空いた棚にはとりあえず新刊本を並べてみたが、槙乃さんの手が入っていないせいか、のっぺらぼうの書棚に見える。実際、売上もいまいちだ。

――フェア後のこの棚を見たら、あの子はがっかりするんだろうな。

僕はいつぞや野原駅のホームでフェアについて質問してきた女子高生を思い出す。紗世ちゃんの友達のマドカちゃん。ようやく顔と名前が一致した。

「今日は、何の本を探しに？」

僕の質問に、紗世ちゃんの視線がまた槙乃さんへ流れる。

「んっと、次の〈金曜日の読書会〉の課題本選びは、わたしが担当なんだけど、いいのが見つからなくて――南店長に相談してもいいですか？」

とっさに返事ができなかった。紗世ちゃんはそんな僕の顔を見つめ、小さな鼻をぴくぴく動かす。

「今はやめといた方がよさそうな感じ？」

「――実は最近、店長は本を読んでいないんだ」

僕がさんざん迷った末に声を低めて明かすと、え、と紗世ちゃんの目がまん丸になった。驚く気持ちはよくわかる。僕もヤスさんから、槙乃さんが新刊の読書はおろか再読すらしなくなったと聞かされた時は、今の紗世ちゃんと同じ顔をしたはずだ。

「あの南店長が？」

紗世ちゃんは痛ましそうに顔を歪《ゆが》めた。そして、なぜか急に小鼻をふくらませ、つぶらな目で僕を見上げてくる。

「じゃあ代わりに倉井さん、お願いします」

「え、僕？　僕に本選びの助言は無理だよ。東膳さんと読書量そんなに変わらないし」

紗世ちゃんの目が細くなり、むーんと唇が結ばれる。

「わかってます。でも、たとえそうだとしても、倉井さんは〈金曜堂〉の書店員でしょう？　探してくださいよ、わたしの読みたい本」

詰め寄られ、僕は途方に暮れる。『読みたい本が見つかる本屋』と噂の〈金曜堂〉は、槙乃さんに負うところの多い特色だったのだ。同時に考える。

——アルバイトながら書店で働く者として、どういう本屋さんになりたいのか？

僕は顔を上げた。書棚をぐるりと見回す。

まだ理想像をずばりと説明することはできない。ただ、本の海で溺れているお客様を見ないふりする本屋にだけはなるまい、と誓った。たとえ、浮き輪があらぬ方向に飛んでいった挙げ句、僕もお客様といっしょに溺れてしまうことになっても。

「やるしかない」

僕がつぶやくと、紗世ちゃんはきょろきょろ書棚を探した。

「どこどこ？　どこにあるの、その啓蒙書《けいもうしょ》みたいなタイトルの本は？」

「あ、ごめん。〝やるしかない〟は本のタイトルじゃなくて、僕の心情——」

僕はふと口を閉じる。そのまま棚を移動し、ア行の作家を探した。目当ての本は、すぐに見つかる。『夏への扉』を読む前に、僕が〈金曜堂〉で購入し、読んだ本だからだ。そして、棚に補充しておいた本だからだ。

「これなんか、どうでしょう？」

僕が差し出した岩波文庫の表紙を見て、紗世ちゃんは首をかしげる。

「『イソップ寓話集』？　イソップって、あのイソップ？」

「うん。小さい頃みんな、絵本で一度や二度は目にしてる、あのイソップです」

僕はうなずき、つづける。

「一話がとても短いから、一冊の中に四七一篇も入ってる。長い小説だといまだ身構えちゃうところがある僕には、とっつきやすかったですよ」

「いいですね。わたしも短い話大好き」

紗世ちゃんは本を手に取ってぱらぱらとめくり、「子供の頃読んだやつとは、違う感じ」と感想を漏らす。

「短いから、逆にいくらでも深く掘れるという面もあって。啓蒙書的に活用するもよし、人生訓として分析するもよし、よくできたショートショートとして楽しむもよし、とにかく使い勝手がいいんです」

「おもしろそう。一篇だけを選んでじっくり話し合うのもいいし、どの話が一番心に響いたかで心理テスト的な楽しみ方ができそうだし――うん。〈金曜日の読書会〉の次の課題図書は、これでいきます」

こくりとうなずき、紗世ちゃんは晴れ晴れとした顔で、僕にその本を差し出した。

「くださいな」

次の瞬間、僕は自分の心にぱっと咲いた喜びの華やかさに驚いてしまう。本とお客様の出会いに力を貸せるって、こんなにもうれしいことなのか。

レジに移動して会計を済ましている間、紗世ちゃんは僕に言ってくれた。

「倉井さんが『イソップ寓話集』のことをあんまり楽しそうに話すから、買いたくなっちゃった。ありがとう」

「僕の方こそ、ありがとう。いや、ありがとうございます」

あわててお辞儀しすぎて、レジの角に頭をぶつける。紗世ちゃんはきれいに並んだ前歯を覗かせてけらけら笑った。《金曜堂》に響いたひさしぶりの明るい音色だった。

入口近くの新刊棚を通って自動ドアに向かう紗世ちゃんの背中を見送りながら、僕は首をかしげる。今、ちょっとひらめきかけた気がしたのだ。けれど、細い煙のようなひらめきの尻尾は、たぐろうとすればたちまち霧散してしまう。僕はあきらめて、途中になっていた書棚整理に戻った。

その夜の閉店後、野原駅の駅長がひょっこり店に顔を出した。

「あれ？　南店長は？」ときょろきょろしている。

槙乃さんはといえば、閉店と同時に帰ってしまっていた。栖川さんのいないバーカウンターのスツールにヤスさんと並んで腰掛け、ブックカバーを折っていた僕がそのことを伝えると、駅長のいつも笑っているような顔に影が落ちる。

「そうか。うん。まあ、なら、いいんだ」

もぞもぞと後ろに回した手を、ヤスさんは見逃さなかった。

「何だよ、駅長？　その手に持ってんの、何だ？」

「これは――えっと」

駅長が差し出す前に、スツールから飛び降りたヤスさんが覗き込む。

「本じゃねーか？　『きょうも猫日和《ねこびより》』？」

「うん。前にここで買ったんだよ。南店長に見繕ってもらってね。開店直後の頃だ」

表紙の少女に抱かれた猫は、最近野原駅に出没している猫とどこか似ていた。僕がその感想を口に出すと、駅長は「ははは」と歯切れよく笑う。

「そうだろう？　そうだろう？　あの時はまさか、自分の担当駅で猫を世話することになるとは思わなかったけどね」

「そういや最近、ホームで猫を見かけませんが」

僕の言葉に、駅長はさびしそうに肩をすくめた。

「うん。ここのところ私も見てないね。まあ、たまたま駅にやって来た野良猫だから。気まぐれに、またねぐらを替えたんじゃないかなあ」

「なんかちょっと、さびしいですね」

「駅を利用する野原高の生徒達も同じことを言ってるよ。いや、本当は私もさびしい。それでふと、この本を思い出してね。久しぶりに読み返したら、前に読んだ時より、ぐっと気持ちが入り込んだんだ。南店長にそのことを話したくて来たんだけれど——」

駅長は恥ずかしそうに本を抱え直した。きっと駅長も、今回の騒動が〈金曜堂〉とそこで働く者達に与える衝撃を心配してくれているお客様の一人なんだろう。槇乃さんに読みたい本を見つけてもらった一人なんだろう。紗世ちゃんしかり、僕しかり、駅長——もたぶん——しかり、〈金曜堂〉のお客様は、槇乃さんと本に救われてきた人が少なくないのだ。

そこで、僕の思考が止まる。この半年の間、自分が目にしてきた光景が矢継ぎ早によみがえった。

春。深夜のフルーツみつ豆。その傍らにあった『白鳥の歌なんか聞えない』。付箋《ふせん》のたくさんついた『長いお別れ』。ニセモノの運動会と『モモ』。台風の夜の『家守綺譚《いえもりきたん》』。夏。復活した〈金曜日の読書会〉で読まれた『六番目の小夜子』。野原町白夜《びゃくや》祭りの花火の音が耳に残る『さびしがりやのクニット』。時をかけた『夜は短し歩けよ乙女』。

僕は振り返る。よほど勢いがあったのだろう。ヤスさんがめずらしく動揺した顔で「何だよ？」と腰を浮かした。

「すみません。ちょっと、思いついたことがあって――」

「じゃ、私はこれで」と帰りかけていた駅長の肩を、僕は思わずつかんでしまう。

「駅長も協力していただけませんか？　これは書店員だけじゃ無理なことなんです」

駅長とヤスさんが顔を見合わせる。僕はついに尻尾をつかまえ、全身をひっぱりだせたひらめきの内容を説明すべく、眼鏡を勢いよく押し上げた。

*

数日かけて有志達の贈り物が集まると、ヤスさんと、体調を戻して復帰してきた栖川さんの助けを借りて、木曜日の閉店後――槇乃さんが帰った後――に、僕のひらめきを形にする準備を一気にやりきった。

深夜に仕上がったそれを見て、ヤスさんがうれしそうに腕組みする。

「南、驚くだろうな」

「喜んでくれるといいのですが」

僕の口調が自信なさげだったのか、ヤスさんに背中をどやしつけられた。

「喜ぶに決まってる。なあ、栖川よ」

「おそらく――

栖川さんは青い目を細くしてそれを眺めた後、僕に視線を向ける。胃腸炎で寝込んでいる間に痩せてしまったらしく、顎のラインがさらにシャープになっていた。

「少なくとも、僕は確実に救われた。ありがとう、倉井くん」

鼻の奥がつんとして、僕はあわてて眼鏡を外し、レンズを拭くふりをする。ヤスさんが栖川さんに飛びつき、プロレス技みたいに腕を首に巻きつけた。

「何だよ、栖川！　一人だけ勝手に礼を言うなコラ」

「ヤスも言えばいい」

「なっ」

ヤスさんは言葉を失い、目を白黒させる。僕と目が合うと、たちまちそっぽを向いて懐から財布を取り出した。

「よし。行くか、〈焼き肉アリヨシ亭〉。やるか、野郎だらけの肉会」

「また割引チケットをもらったんですか？」

「バカ。ちげーよ。アルバイトのナイスアイデアに対する、オーナーからの臨時ボーナスだよ。おごってやる。とっととエプロン取って、準備しろ」

「臨時ボーナスなら、現金がいいのでは」

栖川さんが淡々と突っ込むと、ヤスさんは「おまえにはおごらねーからな、栖川。おまえは自腹で食え」とわめき散らし、でも僕らはそれがヤスさんの照れ隠しだってちゃんとわかっており、三人が三人ともずいぶん久しぶりに晴れやかな気持ちになっていたはずだ。その証拠に、片付けや戸締まりもそこそこに繰り出した〈焼き肉アリヨシ亭〉では、バカ話と本の話でおおいに盛り上がったのだった。


楽しくてつい食べ過ぎた翌朝は、起きてもまだお腹《なか》が重かった。それでも気持ちは軽く、僕は朝イチから入っているアルバイトにいそいそ出かけたものだ。

下りの蝶林本線の車窓から眺める田園風景の緑が、微妙に褪《あ》せてきていることに気づく。遠くの山々に目をこらせば、一部分ではあるがたしかに紅葉のはじまっている場所がある。そういえば、長い長い僕の夏休みも今週末で終わりを迎えようとしていた。来週からは、大学そして十月が始まる。秋を見つけても、不思議ではない日だ。

ただその日、僕が見つけたのは、秋だけではなかった。

「おはようございます」

〈金曜堂〉の自動ドアがひらくと同時に、僕は挨拶をしながら入る。なるべく一番に着きたかったのだが、槙乃さんの背中を喫茶スペースのバーカウンターの中に認めた。

「――おはようございます？」

おそるおそるもう一度声をかけたのは、その背中が微動だにしなかったからだ。

僕は昨夜のうちに準備を終え、出勤してきた槙乃さんを驚かせるに違いないと踏んでいたものをちらりと眺めた。これに気づかなかったのだろうか？　たまらず、喫茶スペースへと足を向ける。

「あの、南店長――」

僕は近くまでいって大きな声で呼びかけようとしたが、槇乃さんの肩越しに見えた光景に驚き、打ちのめされ、のみこんだ息と共に声も掻き消えてしまった。

槇乃さんの前にあるジンさんの本棚が、ほぼ空になっていたのだ。

中にあった本は無残に床に落ちている。一冊ずつ放り投げたような散乱の仕方だった。おまけに隣の酒棚のボトルも何本か落とされ、割れた瓶からこぼれたお酒が、本と床を濡《ぬ》らしていた。その眺めはまるで本のむごたらしい死だ。とっさに僕は八年前、ジンさんの実家が被害にあったという、落書きや投石の嫌がらせを思い出してしまう。

「南店長、だいじょうぶですか？　こんなこと、一体誰が――」

かすれた声しか出ない。それでも、やっと槇乃さんは振り返ってくれた。焦点の合っていない目を僕と無理矢理合わせ、白い頬を震わせる。

「五十貝くんじゃないかしら？」

僕は眼鏡の縁をおさえたままたっぷり五秒間、槇乃さんの目を覗き込み、「え」と声をうわずらせた。槇乃さんはまったく動じず、バーカウンターから出てくると、喫茶スペースと書棚スペースにそれぞれある自動ドアを指さす。

「だって私が鍵をあけるまで、こっちのドアもあっちのドアもたしかにしまっていました」

僕は自分に「落ち着け」と言い聞かせながら、槇乃さんに代わってバーカウンターへ入り、ひとまず本がこれ以上酒浸しにならないよう、次々と拾い上げた。

「つまり〈金曜堂〉は密室だったと？」

リキュールの香りをまとったジンさんの本をバーカウンターに並べながら、僕が問いかけると、槇乃さんは神妙な顔でうなずく。

「鍵のかかった店舗に入り込める人間なんていないでしょう？　でも亡くなった人なら？　魂だけの存在なら、きっと余裕で――」

「ジンさんだとしたら、どうして自分の本をこんなふうに乱暴に扱うんです？　本を床に投げつけ、上から酒をぶっかける。そんなことをする人じゃないでしょう？」

つい声が大きくなってしまった。このままでは槇乃さんの心が本当に八年前から戻ってこなくなると、焦ったのだ。

槇乃さんはぼんやり首をかしげている。そんな彼女に、何の確証もなく「きっとたちの悪い嫌がらせですよ。人間の仕業です」と言い切ることもできず、僕は天を仰いだ。本の救出を終えると、バーカウンターから出て喫茶スペースを歩き回る。探偵よろしく床に這《は》いつくばり、誰か――生きた人間――の痕跡が少しでも残っていないか必死で調べた。

喫茶スペースには何も見当たらず、つづいて書棚スペースへと移る。

ここで、大きな発見があった。

「南店長！ バックヤードのドアがあいてました」

槇乃さんがぴくんと背筋を伸ばし、駆け寄ってくる。

レジカウンターの後ろにあるバックヤードのドアがほんの三センチほどだが、たしかにあいていた。

「昨夜、どなたか、しめ忘れました？」

槇乃さんが大きな目を澄み渡らせて僕を射抜く。夕べといえば——そうだ、男三人で少し浮かれて〈焼き肉アリヨシ亭〉に行った。一通り片付けを終えて、バックヤードでエプロンを外し、わいわい外に出たのだ。その際うっかり——ありえる。

「かもしれません。すみません」

僕が眼鏡をずらして小さくなっていると、槇乃さんは「とにかく」とドアノブをつかむ。その目には好奇心の小さな灯《ひ》がともり、僕をちゃんと映してくれていた。

「ちょっと中を見てみましょう」

「危ないですよ。誰が中にいるか、わかったもんじゃない」

槇乃さんがすうと息を吸って、バックヤードのドアを見つめた。そして突然、振り向く。

「倉井くん、私はこのドアの向こうをたしかめたいです。あけていいですか、ドア？」

「――わかりました。ただし、ちょっと待ってください。僕が先に入ります」

僕はレジの棚に置いてあるシャッターを閉めるためのフックを手に取った。いちおう金属製の棒だ。凶暴な何者かが襲ってきた時に、手ぶらよりはましだろう。

へっぴり腰でフックを構え、僕はゆっくりドアをあける。窓のない暗い空間に、まぶしい朝の光が束になって届く。昨日の空気が今日の空気と混じり合う。ＰＣの置かれた二つのデスクやステンレス棚やコピー&ファックスの機械やシュリンク包装機などが、狭い部屋にぎっしり詰め込まれているのが見えた。そこに、人が――たとえ子供であっても――隠れる隙間はなさそうだ。

――本当に、ジンさんの魂なのか？　まさか？

僕の頭が混乱しかかるのをよそに、槇乃さんが後ろから腕を伸ばして、床を指した。

「倉井くん、そこに落ちてる紙束をどけてみてください」

僕はしゃがんで言われた通りにする。それらは、発注書の束だった。すでに到着した本の発注書なのでとっくに捨てていいのだけど、シュレッダーにかける手間を惜しんでついついためこんでしまう。デスクや棚に積み上がったそれらが、何かの拍子に床に散乱してしまうのはよくあることだった。

「あ」と思わず声が出る。拾い上げた紙の下から、黒々とした穴が覗いていた。僕はしゃがんだまま、槇乃さんを振り仰ぐ。

「地下書庫への扉が」

「ひらいてますね。わずかな隙間ですけど。書店員がひらきっぱなしで帰ったか、あるいは部外者がひらいたのか――」

槙乃さんがごくりと喉を鳴らして、僕を見た。その顔はずいぶん店長らしさを取り戻している。

「お客様のための本が並ぶ書庫を荒らされてはかないません。様子を見に行かなくちゃ。倉井くん、安全第一でゆっくり降りていきましょう」

「はい」

僕は冷たくなった手でステンレス棚からバカでかい懐中電灯を持ち、床の扉についた把《とっ》手《て》を引き上げて、地下への入口を広く取る。中を照らしてみたが、特に人の気配は感じなかった。

めいっぱいひらいて人一人がやっと通れる床の入口をくぐると、真っ暗な階段が現れる。懐中電灯の丸い光を頼りに、そこをひたすら降りていく。階段を数段降りては右、また階段を降りては左、細い通路を進んでまた階段、というように、階段を降りれば降りるほど少しずつ方向感覚が薄れ、自分が今、東に向かっているのか南に向かっているのかわからなくなる。そもそもどのくらい階段を降りたのか数えることもままならなくなった頃、懐中電灯の光の中に最後の階段が浮かび上がった。覗き込むと、一段と暗闇が濃くなって、下まで光が届かないような細長い階段だ。僕はいつもこの階段を降りるたび、奈落に行き着くんじゃないかとどぎまぎするのだが、今日は一段と冷や汗が噴き出した。奈落よりも怖いものが待っていたら、どうしよう？

それでもどうにか階段を無事下まで降り、電気のスイッチを入れる。何本もの蛍光灯がいっせいにまたたいて点《つ》き、かつて地下鉄のホームとして建設されたスペースにずらりと並んだ、アルミ製の書棚が見えた。

「誰かいるのか？　出てこい」

僕は槇乃さんの盾となり、声を張ったつもりだが、悲しいくらいに震えている。それでも絶対、槇乃さんを守ろうと決めて立っていた。

結局一度も地下鉄の走ることはなかった線路とトンネルに、僕の声が吸い込まれて消えてゆく。後には静寂がじわりと滲《にじ》んだ。

「本当に誰もいないとか？」

そう言いかけた僕の口を、後ろから伸びてきた小さな手がふさぐ。

「しっ。聞こえませんか？」

唇に触れた槇乃さんの指のぬくもりで急上昇する体温を感じながら、僕は必死で耳をそばだてた。あまりの静けさに耳鳴りがしそうな中、ふとした瞬間に高くかすかな音が聞こえてくる。すきま風が鳴るような音だ。

槇乃さんの手が口から離れるのを待って、僕は目だけでうなずき、音の出所を探す。ホームを少しずつ進んでいく間も、その音は規則的に聞こえつづけた。近づくにつれて、音というより鳴き声だとわかる。

そして、ついにホームの一番端の書棚の奥で、僕らは見つけたのだ。

猫がいた。

野原駅に出没していた野良猫だ。僕らを見つけると、さっと身を翻らせ、書店員の仮眠用ソファベッドの脚と床の間にできた狭い暗がりに逃げ込んだ。ふだんはエメラルドグリーンの丸い目が金色に光っている。ソファにかかっていたフリースブランケットを拝借し、ちゃっかり自分用のベッドをしつらえているようだ。

「猫かあ」と僕と槇乃さんの声が揃った。二人とも目に見えて緊張が解けてゆく。

「じゃあ、五十貝くんの本を落としたのも——」

「酒瓶を落として割ったのも、この猫のしわざでしょう。お腹が空いて、食べ物を探していたのかもしれない」

いつぞやバーカウンターの中の栖川さんの手元から分厚いハムを失敬できたことを、猫は覚えていたに違いない。

僕は膝をついて、ソファの下を覗き込んだ。猫のいたずらを苦々しく思う気持ちより、人間の嫌がらせじゃなくてよかったという安堵《あんど》の気持ちの方が強く、つい笑いかけてしまう。

「おまえ、いつのまに入り込んだんだ？　何でこんなところにいる？」

僕の声は大きすぎたのか、フリースブランケットに鎮座した猫にシャーッと威嚇《いかく》された。静電気を帯びたように、細い毛が逆立っている。

「倉井くん、待って。猫さんの様子がちょっとおかしくないですか？」

槙乃さんの声がすぐ横で聞こえる。顔を向けると、いつのまにか槙乃さんも僕の隣で同じように膝をついていた。ゆるくウェーブした髪を揺らして、首をかしげる。

「なんか、ちょっと、こう──あっ」

槙乃さんも大声をあげてしまい、猫に怒られる前にあわてて自分の口を両手でふさいだ。そのまま僕の耳元に口を寄せ、ささやく。

「子猫がいます。いち、にぃ、さん──三匹。ここで猫さんが産んだのですね」

そう言われて目をこらしてみると、もっふりした毛に覆われた猫の腹とフリースブランケットの間で、むぐむぐ動いている小さきもの達がいた。小さすぎて、猫というより食べすぎのハムスターのようだ。耳をすますと、ミィミィとか細い鳴き声が聞こえる。さっきから僕らに届いていたのは、母猫ではなく子猫達の声らしい。

僕と槙乃さんの目が合う。どちらからともなく笑顔になった。

「安全な出産場所を探して辿り着いたのが、ここだったんでしょうか。たしかに雨風はしのげるし、暗くて静かだし、空調も完璧だし、理想的かも」

「単に迷い込んだだけだったとしても、結果的に無事出産できてよかったですよね」

ぐっとやわらかさを増した槙乃さんの相づちがうれしい。僕は眼鏡の縁をおさえて何度もうなずいた。

そんな僕らの視線の先で、母猫がソファの下からするりと這い出してくる。波のようにうねるブランケットの狭間《はざま》に残された子猫達は、支えを失い、ころんころんと転がった。

母猫は僕らとじゅうぶん距離を取りながら、エメラルドグリーンに戻った丸い目で見つめてくる。僕は猫を飼ったことがないし、かつてこんなにもまじまじと猫の顔を眺める機会もなかったから、猫というのは、真顔のまますいぶん雄弁に語っているものだと驚く。

槙乃さんも同じ驚きを覚えたらしく、僕にささやいた。

「何か言いたげですね」

「はい。喋れるといいんだけど」

僕は『夏への扉』で飼い猫ピートとご機嫌な会話――猫の意志を汲《く》んだ相づちと返事――を展開する主人公ダニエルを思い出して言っただけなのだが、槙乃さんは面白そうに僕の顔を見返した。

猫は小さな声で鳴くと、長い尻尾を立ててホームの端まですたすた歩いていく。そしてもう一度僕らの顔を見て、今度ははっきりと聞こえる大きな声で長く鳴いた。

「呼んでいるのかしら」と言って槙乃さんが近づこうとすると、猫は毛を逆立てて後ずさる。

「あら。どうすればいいんでしょう？」

足を止めた槙乃さんに代わって、僕が前に出た。猫との距離はそのままで、ホームの端までまっすぐ進んでみる。猫の反応を見ながら、慎重に歩を進めてみたが、幸い猫が怒り出す気配はなかった。むしろ一歩前に踏み出すごとに、鼻をぴくつかせ、髭を震わせ、神妙な顔で僕を見つめてくる。その眼差しの奥にある気持ちが汲めないことを、本当に残念に思う。

僕が白線を越して、ホームの縁ぎりぎりに立つと、猫は測ったように鳴いた。

「『ストップ』ですって」

槙乃さんが緊張した声で言う。いつのまに猫語の翻訳ができるようになったんだ？

僕は思わず笑いそうになった口元のまま、ホームの下に目をやる。そして、全身をこわばらせた。さっと体温が下がり、腕に鳥肌が立つ。

「ここに――」

言いながら振り返った僕は、どんな顔をしていたんだろう？ 声もうまく届かなかったらしく、槙乃さんが困ったように微笑んだまま「何ですか？」と耳に手をあてた。

僕は言い直す余裕のないまま、線路に向かってダイブする。

宙を舞いながら、地下書庫のホームから飛び降りるのはこれで二度目だな、とぼんやり考えていた。前は、気づいたら飛んでいた。踏みとどまれなかったと言った方が正しい。

今回も頭より先に体が動いていたのはたしかだけど、「飛び降りるぞ」という意志があったので、前みたいに変な転び方はせず、しっかり着地できた。

僕は線路脇のアスファルトに駆け寄り、エプロンのポケットをあさってハンドタオルを取り出す。そして、見つけたものをタオル越しに抱き上げた。アスファルトに叩きつけられた後、ずっと──下手《へた》したら一晩中──その場所にいたせいだろう。掌にすっぽりおさまるその小さな体は、タオル越しでもわかるくらい冷たかった。頭の下の方についている小さな耳には、血が流れたのか、真っ赤な塊がこびりついている。

「倉井くん、どうしましたか？」

あわててホームの端まで来たらしい槇乃さんが、息をはずませて覗き込む。僕が答えるより先に、事情を察したらしい。「あ」と声をあげた。

「生きてますか？」

槇乃さんに息を詰めて聞かれ、僕ははじめてその可能性に思い当たる。あわてて掌にのせた小さな生き物に顔を近づけた。

「──生きて──ます。生きてます！　かすかだけど動いてる。まだ呼吸してます！」

僕の歓喜の声に、槇乃さんがぱっと顔をかがやかせる。ホームに膝をつき、僕に向かって両手を差し伸べた。

「その子猫さんをこちらへ」

蛍光灯の光を後光のようにまとって、槇乃さんがいる。僕はまぶしくてまばたきを速めながら、負傷した子猫をタオルごと手渡した。

両手の空いた僕がホームによじのぼっている間に、槇乃さんは地下書庫から地上へと走り出していた。僕もあわてて追いかけながら、ふとホームを振り返る。

母猫は先程と同じ場所にきちんと腰をおろして、僕を見ていた。毛は逆立っておらず、鳴きもしない。あわてた様子もない。そして、これは信じてもらえないかもしれないけれど、おもむろにひょいと頭を下げたのだ。「よろしく頼む」と言わんばかりに。

子猫の倒れていた線路脇に、いくつか散らばっていたフランスパンの切れ端やピクルスを、僕は思い出す。まだ目がひらかないうちに勝手に這いだし線路に落ちてしまった子猫を、母猫はホームまで押し上げる術《すべ》を持たなかった。子猫のそばに行きたい気持ちはあっても、自分まで線路におりて万が一上がれなくなったら、残りの子猫達が飢え死にしてしまうと考えたのかもしれない。

だから母猫は施錠された〈金曜堂〉の中を走りまわった。深夜の誰もいない店の中をひっくり返しながら、負傷した子猫に渡す食料を必死に探した。まだ母猫のミルクしか飲めないとわかっていたとしても、探さずにはいられなかったんじゃないか？

――生きてほしいから。

猫の母子関係はもっとシビアなのかもしれない。けれど、僕は自分が目にしたいくつか

の光景からそう読み取った。想像した。そして、

「助けるよ、絶対」

気づくと、僕はダニエルよろしく猫に向かって返事をしていたのだった。

＊

〈さつき動物病院〉の白い壁を見つめながら、僕は槇乃さんの隣に座っていた。

僕が地下書庫からフロアに戻った時はもう、出勤してきたばかりのヤスさんと栖川さんに槇乃さんから事情が伝えられた後で、ヤスさんがすぐさま子猫を運び込む動物病院も、その動物病院までのタクシーも手配していた。

――〈金曜堂〉のことは俺らにまかせて、倉井は南に付き添ってくれ。いいな？

ヤスさんの言葉にうなずき、タクシーにいっしょに乗り込んでここまで来てはみたものの、診療室に入った子猫が獣医からしかるべき処置を受けている間、ただただ無事を祈るくらいしかやることがない。つい悪い方へと想像がふくらんでしまいがちな子猫のことから心を離そうと、僕は白い壁にかかったカレンダーを見た。耳の垂れたウサギが草を食《は》む写真が載っている。ヤスさんの紹介してくれた動物病院は、彼が家族としてかわいがっているウサギ――カレンダーの写真と同じホーランドロップイヤーという種で、ここだけの

話、名前はデュークという。メスだけど男名なのだ——のかかりつけ医ということだった。

僕は次に、診療室のドアの脇にかかったネームプレートに目を移す。佐月倫子《さつきりんこ》。細面で色の白い、白衣のよく似合う女医さんだった。ヤスさんがデュークをちょくちょく病院へ連れていく理由の一つがわかった気がする。

隣を見ると、槇乃さんは蒼白《そうはく》な顔をしていた。太ももの上で両手の指を組み合わせ、顎を引いて唇をぐっと嚙みしめている。大きな瞳は極端にまばたきが少なくなり、一点を見つめたまま動かなかった。

「死んじゃうのかな？　嫌だな」

僕の方を見ないまま槇乃さんはつぶやき、幼児のように小さくいやいやをする。

「悲しいのは嫌だな。見たくない」

強い調子で言いきると、槇乃さんはぎゅっと目をつぶった。自分でまいたネガティブな呪詛《じゅそ》に、自分ではまりこんでいるようにも見える。

僕は槇乃さんの白い横顔をたしかめ、それから診療室のドアを見つめた。あの向こうで、精一杯がんばっている子猫を思うと、お腹の底からじんわり言葉が湧いてくる。

「南店長は、『夏への扉』って本を読んだことがありますか？」

唐突な質問に、槇乃さんはつぶっていた目をひらき、僕を見た。戸惑いつつも答えてくれる。

「ハインラインの？　ごめんなさい。読んでないです」

なんと槇乃さんも読んでいないとは。僕はごくりと喉を鳴らした。槇乃さんの知らない本について語る経験ははじめてで、緊張してしまう。うまく伝わるといいのだけれど、と祈りながら、僕は唇を舌で湿した。

「僕はついこの間、読み終わったばかりなんです」

「へえ――たしか主人公が時間を飛ぶ話だって聞きました。そうなの？」

やはり名作だけあって、あらすじや設定は広く知られているようだ。

「はい。詳しいネタバレは避けますが、主人公のダニエルはまあいろいろ不可抗力なんかもあって、一九七〇年の世界から三十年後の未来へ《コールド・スリープ》します」

「冷凍睡眠ってこと？　体は若いまま時間だけが過ぎる、みたいな？」

槇乃さんの注意が少しずつ本の内容に向いてくる感触をたしかめながら、僕はうなずく。

「そうです。目をつぶって、次にひらいたら、三十年後にいました。いろいろな辛酸を舐《な》めながら生きていた今の世界は過去となり、現在進行形で彼を悩ませていた人や物事も遠い昔の出来事となっています」

「つらいのが飛んでいっちゃったんだ？　時間はお薬って、よく言いますもんね」

槇乃さんが羨ましそうに言うので、僕はカレンダーのウサギを見ながら息を吐く。

「時間はちゃんと歩いてこそ、薬になるんだと思います。つらいことがいきなり過去に飛んだからって、楽にはなりません。この作品でも、ダニエルは未来であらためてたくさんの課題にぶち当たります」

僕は背負いっぱなしだったデイパックから『夏への扉』を取り出した。耳を折ったいくつかのページをたしかめ、目当ての箇所を読み上げる。

「《一度長い眠りについただけで次の世紀にジャンプするのは、正常な男子にとっては満足すべきことではないだろう──映画を最初から見ずに最後のシーンだけ見るようなものだ。これからの三十年をどうすればよいかと言えば、目の前にくりひろげられていく歳月を楽しめばいい。そうすれば二〇〇〇年という年がやってきたとき、それをよく理解できようというものだ。》」

「──たしかに。本も最後のページから読んだら、味気ないです」

槇乃さんは本屋の店長らしい喩《たと》えに直して、何度もうなずいた。その頬に少し赤みがさしてきて、僕はほっとする。

「僕は正直、SFにとても興味があるってわけじゃありません。この本を読んでいる時も、作品が発表された一九五六年当時に、ハインラインが予測した一九七〇年そして二〇〇〇年という未来の文明や機械の描写にはほとんど興味を引かれなかった。だけど、この本はとても面白かったんです」

「何が？」

槇乃さんが条件反射のように聞いてくる。僕は腹に力を込めて、槇乃さんに向き直った。

「主人公ダニエルの心が、です。彼は絶対にめげない。ぺしゃんこになっても、八方塞がりになっても、自分が今できることを探して、今周りにいる人達に協力を仰いで、今の世界で光を見つけようとする。そして前に進もうとする。例えばこんなふうに」

僕はこの本の中で、印象に残ったダニエルの言葉を読み上げた。

「《ぼくは過去より現在のほうがずっと好きだ。いまから三十年後はもっと好きかもしれない》

《未来は過去よりよいものだ。悲観論者やロマンティストや、反主知主義者がいるにせよ、この世界は徐々によりよきものへと成長している》」

「すごく前向きですね」

「はい。これが書かれた時代と場所——一九五〇年代のアメリカ——を差し引いてもなお余りある前向きさです。笑っちゃうくらい。でも、僕はそこに元気をもらいました」

槇乃さんは僕の手元にある本の表紙をじっと見つめたまま、つぶやく。

「《夏への扉》って、どういう意味かしら」

「主人公の飼い猫ピートが寒い冬を嫌って、いつも探している扉のことです。物語全体を通して見ると、〝希望〟の象徴になっていると僕は思いました。そこをあけたら、すばらしい未来がきっと待っていると信じられる扉。ピートだけでなくダニエルも、《夏への扉》を探しつづけます。決してあきらめずに」

僕が一言一言考えながら喋りおえると、槇乃さんはくるんとカールしたまつ毛をしばたたき、口元をゆるめた。

「すばらしい未来、ですか」

「はい。僕はあの扉の向こうも、そんな未来が待っていると信じたいです」

僕がそう言って診療室のドアを指さしたとたん、待ち構えていたようにひらく。

駆け寄った僕と槇乃さんをまぶしそうに見て、佐月先生は腕の中の子猫を掲げた。

汚れはきれいに拭き取られ、濡れていた毛も乾いてふわふわ立っている。タクシーの中で何度か起こした痙攣《けいれん》も止《や》み、呼吸はずいぶん楽そうになっていた。

「触ってもいいですか?」と断ってから、槇乃さんがそっと子猫に触れる。おでこ、首元、そして胴体の三カ所に指先をあてて、大きく息をついた。

「生きてる」

喜びを嚙みしめている槇乃さんに、佐月先生はうなずく。

「ええ。体温も戻ってきてるでしょう? 念のため明日まで入院してもらうけど、命はとりとめたと思ってもらっていいわ。この子に何かあれば、すぐ〈金曜堂〉に電話します。だから、もうお二人は帰っていいですよ」

佐月先生はゆるりと白衣の前をあわせ、微笑んだ。僕らが「でも」と佐月先生の腕の中の子猫に視線を置いたままでいると、細面の顎を引き、きっぱり言う。

「あなた達には、大事なお仕事が待っているのでは？　さっき和久さんに電話をかけたら、何だかとても忙しそうだったわよ。こちらは本当にもうだいじょうぶだから」

僕と槇乃さんは、動物病院の壁掛け時計を同時に見上げる。〈金曜堂〉の開店時間が過ぎていた。野原高校の生徒達のラッシュも始まる頃だ。僕は開店前の作業を何一つこなさないまま飛び出してきてしまったことを今さら思い出し、身がすくむ。

「あ、ちょうどタクシーが来たみたい。さっき呼んでおいたの。さあ、早く乗って」

僕らは子猫と佐月先生に見送られ、〈金曜堂〉に舞い戻った。


野原駅前のロータリーでタクシーを降りて、改札を抜ける。ロータリーも改札口も、朝の通勤通学の人々――特に野原高校へ向かう生徒達――であふれ、ロータリーの向かいにあるベーカリー〈クニット〉は大繁盛していた。このぶんだと野原駅の中にある〈金曜堂〉も忙しさが極まっていることだろう。

僕と槇乃さんの考えたことは同じらしい。跨線橋ではどちらからともなく、小走りになった。

書棚フロアの自動ドアをあけると同時に、複数の声がする。

「〈金曜堂〉へようこそーっ！」

すぐ前にある槇乃さんの背中が、震えるのがわかった。体がかたまり、足が出ないらしい。

僕は槇乃さんのつむじ越しに、今、槇乃さんも見ているであろう光景を眺めた。

ヤスさんが躍起になってレジを打っている。その隣でベテラン主婦として培った世間話スキルを接客にいかんなく発揮しているのは、楢岡《ならおか》さんだ。〈金曜堂〉の喫茶スペースを借りて定期的に朗読会をひらくサークル『かすてら』の主催者である。ターバンのように頭に巻いたマスタード色のスカーフが、秋を感じさせた。

書棚の間で、お客様の邪魔にならないようきょろきょろしながら、おぼつかない手つきで雑誌の入替をしているのは、猪之原《いのはら》さんだ。僕が通う大学の事務職員である彼女もまた、〈金曜堂〉とはゆかりのあるお客様の一人であって、書店員では決してない。

さらに視線を喫茶スペースに移すと、テーブル席で段ボールをひらき、中身を検品《けんぴん》している栖川さんと紗世ちゃん、そしてマドカちゃんらしき女子高生の姿もあった。

槇乃さんがようやくうめくように言葉を発する。

「みなさん、どうして？」

「オーナーから『人手が足りない。困ってる』って電話を受けてね」

楢岡さんがこともなげに言うと、僕と目の合った猪之原さんがそっぽを向く。

「大学がはじまる前で、よかったわよ」

紗世ちゃんとマドカちゃんは体をぶつけ合うようにして並び、ぺこんと頭を下げた。

「じゃ、わたし達は授業があるので、これで」

「おう。勤勉なる女生徒達よ、ギリギリまで悪かったな。ちゃんと礼はするからよぉ」

「礼なんていいです。〈金曜堂〉が今日もあいててくれるなら、それでいいです」

紗世ちゃんが打てば響くように答える。隣でマドカちゃんもこくこくとうなずき、椅子に立てかけてあった大きなチューバケースを背負った。

「それじゃ、いってきます」とかわいい声で二人に挨拶され、店内にいた大人達はつい「いってらっしゃい」と声を揃えてしまう。

「朝に『いってらっしゃい』なんて言ったの、久しぶりだわ」

客のいなくなったレジカウンターで、栖岡さんがうれしそうに言った。そういえば栖岡さんのご主人は定年を迎えて久しく、子供達もだいぶ前に独立したと聞いている。

栖岡さんが隣のヤスさんを見た。

「やっぱりあの猫達――入院中の子も含めて――私が引き取ろうかしら」

「例の野原駅の猫とその子供達な。いつまでも地下書庫には置いておけねぇだろって、駅長が引き取り手を探してくれてんだ」

ヤスさんは栖岡さんに答えるより先に、僕と槙乃さんに向かって説明する。それから栖岡さんに向き直り、「本当にいいのかい？」とすごむように尋ねた。栖岡さんは鷹揚《おうよう》にうなずく。

「ええ。親子いっしょなら、母猫も子猫も安心でしょう？　私と夫も猫達に『いってらっしゃい』と声をかけたりかけられたりして、にぎやかに暮らせるしね」

「猫は長生きだぞ」

「だいじょうぶ。猫の親子を食べさせていく蓄えくらいあるわ。それにもし私達夫婦の寿命が先に尽きても、面倒を見てくれる人をちゃんと探してから逝くわ。心配しないでちょうだい」

楢岡さんが茶目っ気たっぷりに請け合ったところで、槙乃さんが小さく声をあげた。その視線の先にあるものを見て、ヤスさんが腕組みする。

「ようやく気づいたか、南」

「ご、ごめん。朝は入ってすぐバーカウンターの惨事に気を取られちゃって、こんなものができているなんて――」

「昨日、俺らが夜遅くまでかかって作った、渾身《こんしん》のコーナーだぞ」

ヤスさんがにやりと笑い、栖川さんも紗世ちゃん達に検品してもらった段ボールを抱えて、近づいてくる。

槙乃さんはそんな二人に向かって尋ねた。

「このコーナーは、誰のアイデアなの？」

「聞いて驚け。坊っちゃんバイトだ」

「倉井くんが？」

槙乃さんがゆるくウェーブした髪を払って、振り向く。大きな目がまん丸になっていた。

僕はどぎまぎと視線を逸らしたまま、口をひらく。

「勝手にすみません。『金曜堂的夏のすすめフェア』が終わってから、そこの棚に並べる本はないかと探していて、それでふと――」

紗世ちゃんや野原駅長といった、お客様達とやりとりをする中で思いついたのだ。

「〈金曜堂〉店長がお客様のために見つけてきた本のコーナーはどうだろう？　って」

『白鳥の歌なんか聞えない』『長いお別れ』『モモ』『家守綺譚』『六番目の小夜子』『さびしがりやのクニット』『きょうも猫日和』――他にも何十冊と、夏フェアに負けないくらいたくさんの本が、表紙を見せて並んでいた。その中には、小さな紙がクリップで留まっている本も少なくない。紙に書かれているのは、その本が自分の〝読みたい本〟となったお客様自身のコメントだった。人気子役の津森渚《つもりなぎさ》くんや日刊ホットの記者である藪北勝さんといった、野原駅を日常的には利用しないお客様もちらほら混じっている。

「俺らで手分けしてお客様に電話してよぉ、南とのやりとりの中で見つけた本のタイトルを聞いて、在庫探して、引き受けてくれるお客様にはその本のレコメンドを頼んだんだ」

ヤスさんの得意げな言葉の後に、栖岡さんが言い添える。

「私も協力させていただきました。〈金曜堂〉さんには、ふだんお世話になっているんだもの。お安い御用よ。というより、面白い企画に参加する機会をいただけて、うれしかったわ」

「右に同じく」

書棚の隙間から、猪之原さんがぶっきらぼうな声をあげた。ただ、槇乃さんを見つめる眼差しは、やさしさを隠しきれていない。

「電車の待ち時間や通りがかりにぷらっと寄れる本屋がなくなると、とても困るの。これからも〈金曜堂〉は野原駅にあってほしい。頼むわよ、南店長」

「みなさん――」

槇乃さんが言葉を探している間に、栖川さんが段ボールを抱え直し、美声で言った。

「南のおかげで、いつのまにか僕達にはお客様という仲間が増えてた。八年前とは違う」

槇乃さんがふたたび前を見る気配がして、僕はやっと顔を上げる。やわらかそうな髪に包まれたつむじに向かって、そっと声をかけた。

「南店長、僕は〈金曜堂〉の自動ドアも、かなり《夏への扉》だと思うんですけど、どうですかね？」

ふっと空気が揺れる音がする。あるいは鍵がまわり、扉のひらく音がする。

槇乃さんは後ろ手を組んでコーナー棚に歩み寄ると、一冊一冊丁寧に眺めた。レコメンドも一つ一つ読んでいく。そして何度もうなずき、何度か目尻をぬぐった後、僕ら全員を見回して、にっこり笑った。

「たしかに。この棚には、未来がありますね」

僕以外のみんながきょとんとするのを遮るように、槇乃さんは「さっ。あと八分で下り電車が到着しますよ」と手を打ち鳴らす。楢岡さんと猪之原さんに礼を言い、ヤスさんと栖川さんに定位置に戻るよう伝え、僕にはエプロンをつけてレジカウンターに立ってほしいと頼んだ。

僕がバックヤードのドアをあけると、つづいて槇乃さんも体を滑り込ませる。

甘いリキュールの香りが鼻先をくすぐった。床に目を落とすと、ビニールシートが敷かれ、酒浸しになったジンさんの本がなるべくページがひらくように立てて置かれている。誰かがひとまずバックヤードで乾かしてくれているらしい。

ジンさんがそのたった二十年の生涯で読んだお気に入りの本たちに足元を取り囲まれ、僕と槇乃さんはしばらく無言のまま床を見つめてしまう。

やがて、槇乃さんがぽつりと言った。

「この世界に、五十貝くんの読めない本が増えていくことがずっとつらかったんです。面白い新刊を読むたび、その本について五十貝くんと話せないことが悲しかった。そういう毎日に、本当は私、かなり疲れていたんだと思います」

槇乃さんはおずおずと体の向きを変え、口を少しひらいたまま僕を見上げる。

「扉をあけて進むことは、いなくなった人を置き去りにすることとは違いますよね？」

僕なんかが答えていいものか、一瞬迷った。けれど僕に尋ねてしまうくらい、槇乃さんはこの重い課題に迷って悩んで弱っているのだ。がぜん肩を貸したくなる。その課題を、僕の肩にも乗せてくれたらいい。荷を分け合えば、少しは歩きやすくなるだろう。

「違います。絶対に、絶対に、違います」

僕が極端にきっぱり言い切ると、槇乃さんは微笑んでうなずき、ロッカーをあけた。モスグリーンのエプロンを手に取りながら、言う。

「倉井くんは、やさしいですね」

「いえ、そんな――」

胸がちりりと焦げる。僕はただ、大好きな人と大好きな場所を失《な》くしたくない一心で言っただけだ。ジンさんの本音は聞きようがないから、槇乃さんの心を軽くする方を選んだだけだ。自分の気持ちを告げぬまま、槇乃さんの近くにいる方便だったかもしれない。

――僕はただの身勝手な、狡《ずる》い人間です。

自分の肩に乗ってきた課題の重さに、僕は唇を噛み、エプロンの紐《ひも》をきつく結んだ。その背中に、槇乃さんの声が当たる。

「さっそく今日買って帰って、読みますね」

僕が振り返ると、槙乃さんはまぶしそうにまばたきして、少しだけ視線をそらした。

「『夏への扉』。倉井くんのお話を聞いていたら、読んでみたくなっちゃいました」

「本当ですか？　それはよかった――ぜひ。本当にぜひ」

槙乃さんは気づくだろうか？　僕があの小説のラストにぐっときてしまったことを。主人公側ではなく、主人公のお相手側に立ってみた時、あの物語は本当に夢のようなハッピーエンドだと思う。本来叶うはずのない恋が実ったのだから。誰よりも――ピートよりも――強く《夏への扉》を欲していた彼女に、あのエンディングがやってきたことを、僕は素直に祝い、羨んだ。そしてこの小説が大好きになった。

槙乃さんは気づくだろうか？　僕が、彼女の恋に自分の恋を重ねてしまったことを。気づかれたら、少し――いや、かなり恥ずかしい。

眼鏡の位置を何度も直している僕を楽しそうに見て、槙乃さんはバックヤードのドアをあけた。ドアノブに手をかけたまま、僕を振り返って言う。

「倉井くん。私の読みたい本を見つけてくれて、ありがとうございました」

あいたドアから、未来の光が射し込んでいた。

ささやかで個人的な本の話②——あとがきにかえて

あまり間をあけずに『金曜日の本屋さん』の第二弾が出せたことを、うれしく思います。

こちらでは〈金曜堂〉の書店員やお客様を救ってくれた本達に感謝の気持ちをこめて、ささやかで個人的な話をさせてください。

恩田陸『六番目の小夜子』

私は以前ゲーム会社で働いていました。その時の課長が乱読タイプで、あらゆるジャンルの本を買って、読んで、読んだ本は会社に持ってきて自分のデスク横の本棚に並べ、「どれでも好きなやつ、勝手に持っていって読んでいいよー」と部下達に大盤振舞いする貴族のようなお方でした。ネット書店のなかった当時、平日休日問わず朝から夜中まで会社にいて、シャッターのあいた本屋を拝むことなどできなかった私にとって、この課長の本棚こそが、本屋ひいては本への架け橋だったのです。

そんな課長の本棚で出会った本達の中の一冊が、『六番目の小夜子』でした。前知識なしで「ちょっとお借りしまーす」と手に取り、終電の中でひらいた本を途中でやめることかできず、社宅に帰ってからも読みつづけ、そのまま朝を迎えて会社に行く電車の中でやっと読み終わったことを覚えています。一人暮らしの部屋で丑三《うしみ》つ時《どき》に読む、学園祭の講堂のシーンの怖かったこと！

本を抱えて電車をおり、徹夜明けのしばしばした目で、オフィスビルが突き立つ青空を見上げた時、ふと「あ、私の青春はずいぶん遠くにいっちゃったんだな」と気づいたのでした。

今でも本屋で『六番目の小夜子』を見かけるたび、初読後に見上げたあの遠くて美しい青空を思い出します。

トーベ・ヤンソン『さびしがりやのクニット』

大人になってから、自分のために絵本を集めた時期があります。おしゃれだったりかわいかったりする表紙の絵本を買い求めては、部屋に飾っていました。手っ取り早く〝センスのいい人〟に見られたかったのです。

「ジャケ買い上等！」の心意気で、大型書店に出向けばまず絵本コーナーに寄ったし、鎌倉や原宿の絵本専門店にも通ったし、目黒の家具屋でディスプレイに使われていた絵本を交渉して売ってもらったこともありました。

だけど、そうやって部屋を埋めた絵本達のページをひらく気にはなぜかならなくて、ずいぶん長いこと内容を知らない絵本が多くあったのです。『さびしがりやのクニット』もそんな一冊。

ちゃんと読んでみたいと思ったのは、作者のトーベ・ヤンソンについて知る機会があったからです。本当によく書き、そして描いた方で、自分の人生においても著作物の中においても愛に誤魔化しがなかった。それは、自分自身に誠実であったからだと思います。詳しくお知りになりたい方は『トーベ・ヤンソン仕事、愛、ムーミン』や『ムーミンの生みの親、トーベ・ヤンソン』などの伝記にあたってみてください。

作者自身のことを少し知ってから読んでみた『さびしがりやのクニット』は実に胸にさざる物語で、最初のページに堂々と書かれた献辞《トゥーリッキに、ささげます。》が輝いていました。そして、私の中にいる〝モラン〟がぼんやり見えた気がしました。

今も絵本を買いますが、装丁と同じくらい中身を楽しみに買っています。そして全部ちゃんと読んでいます。

森見登美彦『夜は短し歩けよ乙女』

新聞広告でこのすてきなタイトルを目にした時、上品な曲線が印象的な中村佑介さんのイラストと、効果的に引用された本文の一部から「新しい物語がきたぞ！　きたぞ！」という予感というか確信を抱き、たいへん心が弾んだものです。

そんな春風のような心でもって、うきうきと近所の本屋に出かけた私を待っていたのは、作者のデビュー作『太陽の塔』の平積みで作られた円陣の中に、トルネードのごとく積み上がった『夜は短し歩けよ乙女』塔でした。

間近で本の〝タワー積み〟なるものを見たのは、この時が最初です。書店員さんの芸術に圧倒されるあまり、目当ての『夜は短し歩けよ乙女』ではなく『太陽の塔』を買って帰ってしまったのも今はいい思い出——いや、なんか、まずはこの結界（『太陽の塔』）を破らねば、秘宝（『夜は短し歩けよ乙女』）に辿《たど》り着けない気がしちゃったんですよね。

後ほど満を持して購入した『夜は短し歩けよ乙女』は、何度読んでも結びの一文を迎えるたび胸がいっぱいになって、その場でごろんごろんしたくなります。

ロバート・A・ハインライン『夏への扉』

〈金曜堂〉の三人と同じく、私にとっても『夏への扉』は長く「知ってはいるけど、読んだことのない本達」の中の一冊でした。いつどこの本屋に行っても必ずある在庫を横目に「いつか読みたいなあ」とのんきに構えてはや幾年《いくとせ》、今作の第四話で〈金曜堂〉の未来を描こうと思い立った時、真っ先に頭をよぎったのがこのタイトルでした。

時は来たれり。直感にしたがって駆けこんだ本屋に売っていたのが新訳版だったのも、何かの御縁でしょう。私は素直にその一冊を買って帰り、読んで、納得しました。やっぱり今読んでよかった、これでいこう、と。

『夏への扉』に限らず、一冊の本を読む適齢期はきっと人それぞれにあるのだと思います。だからこそ、あらゆる本が（できればこの『金曜日の本屋さん』シリーズも！）、最高にちょうどいいタイミングで読む人の手に渡ることを願ってやみません。そんな希望を結晶化して、〈金曜堂〉のお話を書いています。

さて、次はどんな人と本の出会いが待っているのかな？　私自身も楽しみです。近いうちにまたお目にかかれますように。応援よろしくお願い致します。

名取佐和子

金曜日の本屋さん 今回のおすすめ本リスト

すべての本に感謝を込めて

本文中で引用させていただいた本

恩田 陸
『六番目の小夜子』（新潮文庫 二〇〇一年）

トーベ＝ヤンソン
『さびしがりやの クニット』渡部 翠 訳（講談社 一九九一年）

森見登美彦
『夜は短し歩けよ乙女』（角川文庫 二〇〇八年）

ロバート・A・ハインライン
『夏への扉』小尾芙佐 訳（早川書房 二〇〇九年）

本文中に登場した本

フランソワーズ・サガン『悲しみよこんにちは』河野万里子訳（新潮文庫　二〇〇八年）／江國香織『すいかの匂い』（新潮文庫　二〇〇〇年）／佐藤多佳子『一瞬の風になれ』（三分冊）（二〇〇七～〇九年）／筒井康隆『時をかける少女』（角川文庫　二〇〇六年）／氷室冴子『海がきこえる』（徳間文庫　一九九九年）／石黒亜矢子『いもうとかいぎ』（ビリケン出版　二〇一六年）／うえのりこ『ぞうのボタン』（冨山房　一九七五年）／アンドレ・ダーハン『だいすき。』角田光代訳（学研プラス　二〇〇七年）／かこさとし『からすのパンやさん』（偕成社　一九七三年）／羽海野チカ『3月のライオン』（1～12巻）（ジェッツコミックス　二〇〇八～二〇一六年）／九井諒子『ダンジョン飯』（1～4巻）（ビームコミックス　二〇一五～一六年）／コナン・ドイル『失われた世界』（光文社古典新訳文庫　二〇〇六年）／アレクサンドル・デュマ『モンテ・クリスト伯』（岩波文庫　一九五六年）／コナン・ドイル『完訳版　シャーロック・ホームズ全集』（偕成社　二〇〇三年）／『織田作之助全集』（講談社　一九七〇年）／森見登美彦『太陽の塔』（新潮文庫　二〇〇六年）『四畳半神話大系』（角川文庫　二〇〇八年）『ペンギン・ハイウェイ』（角川文庫　二〇一二年）『恋文の技術』（ポプラ文庫　二〇一一年）／小林信彦『おかしな男　渥美清』（ちくま文庫　二〇一六年）／星新一『おせっかいな神々』（新潮文庫　一九七九年）／三島由紀夫『太陽と鉄』（中公文庫　一九八七年）／小林秀雄・岡潔『人間の建設』（新潮文庫　二〇一〇年）／東海林さだお『マツタケの丸かじり』（文春文庫　二〇〇一年）／糸井重里・湯村輝彦『さよならペンギン』（ほぼ日ブックス　二〇一一年）／大岡昇平『野火』（新潮文庫　一九五四年）／東山彰良『流』（講談社　二〇一五年）／三島由紀夫『金閣寺』（新潮文庫　二〇〇三年）／小林秀雄『小林秀雄対話集』（講談社文芸文庫　二〇〇五年）／小林秀雄『モオツァルト・無常という事』（新潮文庫　一九六一年）／東海林さだお『ジョージ君のにっぽん拝見』（文春文庫　一九七六年）／大岡昇平・埴谷雄高『二つの同時代史』（岩波現代文庫　二〇〇九年）／大岡昇平『成城だより（上・下）』（講談社文芸文庫　二〇〇一年）／大岡昇平『事件』（新潮文庫　二〇〇三年）／大藪春彦『野獣死すべし』（光文社文庫＝伊達邦彦全集1　一九九七年）／東山彰良『路傍』（集英社文庫　二〇一〇年）／ロバート・A・ハインライン『夏への扉』福島正実訳（ハヤカワ文庫　一九七九年）／フィリパ・ピアス『トムは真夜中の庭で』高杉一郎訳（岩波少年文庫　二〇〇〇年）／伊坂幸太郎『アヒルと鴨のコインロッカー』（創元推理文庫　二〇〇六年）／獅子文六『ちんちん電車』（河出文庫　二〇〇六年）／『イソップ寓話集』（岩波文庫　一九九九年）／今江祥智『きょうも猫日和』（ハルキ文庫　二〇一六年）／庄司薫『白鳥の歌なんか聞えない』（新潮文庫　二〇一二年）／レイモンド・チャンドラー『長いお別れ』（ハヤカワ・ミステリ文庫　一九七六年）／ミヒャエル・エンデ『モモ』大島かおり訳（岩波書店　一九七六年）／梨木香歩『家守綺譚』（新潮社　二〇〇四年）／ボエル・ウェスティン『トーベ・ヤンソン　仕事、愛、ムーミン』畑中麻紀・森下圭子訳（講談社　二〇一四年）／トゥーラ・カルヤライネン『ムーミンの生みの親、トーベ・ヤンソン』セルボ貴子・五十嵐淳訳（河出書房新社　二〇一四年）

＊登場順に、できるだけ手に入りやすい版を記しました。ただし、品切れや絶版の本もあります。

第1話から第3話は、「ランティエ」二〇一六年十～十二月号に掲載された作品に加筆・訂正したものです。第4話は書き下ろしです。

ハルキ文庫

な 17-2

金曜日《きんようび》の本屋《ほんや》さん 夏《なつ》とサイダー

者 名取佐和子《なとりさわこ》

2017年2月18日第一刷発行

行者 角川春樹

行所 株式会社角川春樹事務所
〒102-0074 東京都千代田区九段南2-1-30 イタリア文化会館

話 03(3263)5247(編集)
03(3263)5881(営業)

刷・製本 中央精版印刷株式会社

ォーマット・デザイン 芦澤泰偉
紙イラストレーション 門坂 流

ISBN978-4-7584-4071-4 C0193 ©2017 Sawako Natori Printed in Japan
http://www.kadokawaharuki.co.jp/［営業］
fanmail@kadokawaharuki.co.jp［編集］ ご意見・ご感想をお寄せください。